KB132040

시
차

노
트

시차 노트

김선오 산문

문학동네

차
례

연결하기

집 근처에 성당이 하나 있다. 방에서도 종소리가 들린다. 종소리가 좋아서 음악을 끄기도 했다. 처음 이사왔을 때는 열두시에 한 번, 여섯시에 한 번 타종하는 줄 알았다. 어느 날은 열두시구나 하고 시계를 보았는데 열한시 오십팔분이었다. 여섯시구나 하고 시계를 보면 여섯시 삼분이고 그랬다. 종은 한 번도 정각에 울렸던 적 없지만 집에 온 친구들에게 말하곤 했다. 방에서 성당의 종소리가 들려. 열두시에 한 번, 여섯시에 한 번. 이 어긋남에 마음이 끌렸던 것 같다. 집과 성당 사이에 시차가 있는 듯했기 때문이다. 그 시차가 매일 조금씩 달라지는 것 같았기 때문이다. 어느 날은 이 분, 어느 날은 삼 분. 집 과 성당 사이의 거리가 가까워졌다 멀어졌다 하는 장난 같은 움직임을 상상할 수 있었다.

'시차 노트'는 오래전부터 생각해왔던 제목이다. 두 개 의 단어 사이를 오가거나 두 개의 단어를 발판삼아 멀리 가는 글쓰기. 두 단어 사이의 영향 관계를 가늠하거나 생성하기.

이 책을 쓰는 동안 나는 단어를 하나의 장소처럼 대 했다. 내가 놓이고 나를 가두고 또 풀어주는 말들을 찾 으려고 했다. 단어 간의 거리가 가까워졌다 멀어졌다 하 는 시차 속에서 부러 어지러워지려 했던 것 같다. 장소는 다른 장소를 향해 가는 계기였으므로 하나의 단어를 떠 올리면 다른 단어가 자연스럽게 도래했다. 나는 이것을 우연이라고 부르고 싶은데 우연이 아니라고 볼 수도 있 을 것이다. 어떤 배치였을지도 모른다. 우연과 배치가 상반되는 개념인지 이제는 잘 모르겠다. 나는 단어들을 관광했다. 이 단어에서 저 단어로 걸어가보기도 했다. 어느 단어 속에 떠 있던 구름이 다른 단어를 향해 흘러가버리거나 한 단어에서 발견한 소리를 다른 단어 안에서 듣게 되기도 했다. 골라놓은 단어들이 쓰기의 과정 중에 빛을 잃어버리는 느낌을 받을 때도 있었다. 그러나 어두우면 어둠 속에서 이루어지는, 이러한 쓰기가 나는 꽤 즐거웠던 것 같다.

단어들은 각자 풍경과 온도를 지니고 있었다. 느끼고 응시하고 경험하면서, 경험의 가능을 신뢰하면서 그렇게 지냈다. 보이고 들리는 것을, 단어에서 느껴지는 것을 믿으려고 했다. 그리고 연결하려 했다. 연결이 허상이라는 인식과 단절되고자 했다. 그러나 연결은 어지러운 것이었다. 난기류 속 비행기에 타고 있는 것 같았다. 그 울렁거림이 좋기도 했다. 연결 지점은 공간이라기보다 속도를 가늠할 수 없는 이동 그 자체에 가까웠다. 어지럽고 자유롭다. 그런 느낌이었다. 이동을 통해 하늘을 겪을 수 있었다. 하늘에는 역사가 없었다. 비행은 역사로부터 잠시 이탈하는 기쁨을 누릴 수 있게 했다. 시를 쓴다고, 비평을 쓴다고, 소설을 쓴다고 생각하면서, 동시에 그중 무엇도 쓰고 있지 않다고 비뚤어진 생각을 하면서 잠시 형식을 잊어볼 수 있었다. 나는 산문의 넓이를 누렸다. 어느 날은 내게 주어진 단어를 여러 번 반복해 발음해보았다. 단어는 흔들리고 의미는 얕아졌다. 소리와 뜻이 같은 것이라는 감각이 찾아올 때 가장 기뻤다.

두 달 간의 해외 체류를 마치고 돌아와 이 글을 썼다. 시차에 시달리면서 시차 노트라는 제목의 책을 위한 서문을 쓰다니 우스운 우연이라고 생각했다. 얼마 전까지 뉴욕의 거리를 걸어다니던 몸이 지금은 서울의 침대 위에 가만히 놓여 있다는 사실이 잘 믿기지 않았다. 꿈에서 나는 자꾸 미국으로 돌아가 있었다. 아침이든 밤이든 아무때나 잠에서 깨어나면서, 꿈의 안팎을 잘 구별해내지 못하면서 한 문장씩, 두 문장씩 썼다. 회귀와 전진을 반복하는 기분이었다. 몸과 문장이 주춤거리며 서로 걸음을 맞추고 있었다. 어긋나면 어긋나지는 대로, 맞추어지면 맞추어지는 대로 내버려두었다. 어떤 리듬이 복원되기를, 복원되면서 이전과 다른 새로운 시차가 생겨나기를 기다렸다.

나는 아직 기다리고 있다.

2023년 11월
김선오

비—소리

　비가 온다. 비가 온다고 적은 이유는 "비가 온다"라는 문장으로 시작하는 글을 써야겠다고 마음먹었기 때문이다. 사실은 하루종일 비가 오지 않았다. 오늘은 무척 맑은 날이었다. 저녁 시간이 한참 지난 지금까지도 맑을 것이다. 맑을 것이라고 쓴 이유는 내가 창밖을 내다보지 않았기 때문이다. 창밖을 확신하지 않았기 때문이다. 하지만 그럼에도, 맑을 것이다.

　씀으로써 발생시키기. 비가 온다고 적는다 해서 지금

내 곁에 비가 내리지는 않는다. 그러나 언젠가 이 글을 읽는 누군가의 창밖에는 비가 내리고 있을 수도 있다. 그렇다면 나는 기쁠 것이다. 이 글이 어떤 예언이 되었기 때문이 아니라, 비가 오는 상황에 놓인 그에게 적당한 문장을 하나 쓸 수 있었기 때문이다. 다만 여기에는 비가 오지 않는다. 나는 비 오는 날씨를 가끔은 좋아하고 가끔은 좋아하지 않는다. 그러나 내가 비를 좋아할 수 있거나 없거나, 그런 것과 무관하게 비는 온다. 만약 비가 계속 오지 않는다면 지구에는 큰일이 날 것이다. 비가 계속 온다고 해도 큰일이 날 것이다. 가끔 비가 너무 많이 오거나 비가 너무 적게 와서 정말 큰일이 나기도 하지만, 도시에 사는 나와는 거의 무관한 일이다. 도시에 사는 나와는 많은 것들이 무관하다. 그러나 다시 생각해보면 많은 것들이 유관하다. 내가 비가 온다고 썼을 때 이 글을 읽는 누군가의 창밖에 비가 오고 있을 수도 있는 것처럼.

비가 온다. 비가 온다는 말에는 비가 왔다는 사실이

들어 있다. 만약 비 내리는 날씨를 한 번도 겪지 않았다면 비가 온다는 문장 같은 건 쓸 수 없었겠지. 또 비가 온다는 말에는 다시 비가 올 것이라는 사실이 들어 있기도 하다. 당장은 아닐 것이다. 그러나 영영 비가 오지 않을 리는 없을 것이다. 그렇기에 나는 아무렇지 않게 비가 온다, 고 쓸 수도 있다. 비가 오지 않는다면 어떤 것이 비처럼 올 수도 있을 거고. 비처럼 오지 않을 수도 있을 거다. 비가 왔기 때문에 '비처럼'이라는 게 가능할 거다. 비처럼, 비처럼, 비처럼. 나는 빗소리를 듣는다.

비처럼 빗소리를 듣는다는 문장에 대해 생각한다. 빗속에 있는 빗방울처럼 빗소리를 듣는다는 것일까. 단지 비가 온다는 문장 때문에, 빗속의 빗방울이 된 것처럼 나에게 빗소리가 들린다. 나는 하나의 빗방울로서 추락하며 나의 동료들이 지상 어딘가에 부딪혀 흩어지는 소리를 듣는다. 그러나 나는 비가 아니다. 어쩌면 어디선가 빗방울 하나가 나를 듣고 있을지도 모른다. 나는 최대한 조용하게 다니고 싶다. 언제든 어디서든 비가 나를 잘 못

듣기를 바란다. 혼자만 빗소리를 듣고 싶은 심보다. 그렇지만 비라면, 비의 입장이 정말 가능하다면 이런 마음을 용서할지도 모르겠다.

어쩌면 비가 아니라, 비가 온다는 진술로 시작된 이 글의 독자가 나를 용서해야 할지도 모르겠다. 사실 지금 내 곁에 비가 오고 있지 않으니까. 그것이 잘못이 될 수 있는가? 비가 오지 않는데 비가 온다고 적는 일이. 그러나 잘못이 없어도 용서를 구하고 용서 없이도 잘못을 행한다. 비는 그렇게 지그재그로 온다. 어쩌면 비가 갈 수도 있나. 용서를 구하듯이 비가 가버릴 수도 있나.

그렇다면 나는 비를 붙잡을 건가. 비는 나에게 붙잡힐 수 있나. 저번 시집의 어떤 시에서는 "비는 해수면에 닿는 순간 바다라고 불린다"라는 문장을 적기도 했다. 그러니까, 그 문장은 사실 "비가 온다"는 말과 같은 것이다. 오는 비를 잠깐 흔들어본 것이다. 그렇지만 비는 흔들리지 않는다. 내가 흔든 것은 그냥 비가 온다는 말뿐이다.

말을 흔든다고 해서 무엇이 흔들리는지 나는 잘 모른다. 그렇지만 비가 온다는 말을 흔들 때 내가 조금 흔들린다는 사실은 안다. 내가 흔들릴 때 말이 나를 붙잡는다는 사실도. 내가 흔들리고 말이 나를 붙잡는 동안 비는 그저 오고 있다는 사실도 안다. 어디로? 여기로.

여기가 어디인지 모르겠다. 여기는 언제나 어둡다. 그러나 여기가 없다면 비도 없고 비가 온다는 말도 없겠지. 나는 여기에 서 있다. 여기가 나를 서 있게 한다. 여기는 나의 꿈일까. 그렇다면,

꿈에서,
꿈으로부터,
꿈에게로,

비가 간다고 적을 수도 있을 것이다. 비가 간다고 적어야지, 그렇게 마음먹었기 때문이다. 나는 비를 믿는다. 비가 온다고 적든 간다고 적든 비가 내게로 돌아올 것을

믿는다. 돌아갈 것을 믿는다. 비에 대해 많은 글이 쓰여왔지만 또 내가 그중 일부의 몫을 하기도 했겠지만 비는 계속 오고, 비가 온다는 문장은 계속해서 적힌다. 나는 문장으로 비를 해체하고 싶지도 않고 비로 문장을 해체하고 싶지도 않다. 비를 대체할 만한 어떤 문장을 쓰고 싶지도 않다. 비와는 그저 사이좋게 지내고 싶다. 그래서 비가 나에게 오고, 비가 나로부터 가고. 앞으로도 영원히 비가 내리는 시를 쓰고. 그런 시들이 꿈이 되고. 그런 것들을 내내 반복하고 싶다.

아무래도 그렇다. 파스칼 키냐르는 글쓰기가 자신의 직업이 아니라 인생이라고 말했다지만, 글의 입장에서 나의 삶은 글의 숱한 직업 중 하나일지도 모르겠다. 글은 평생에 걸쳐 나를 하고 있는 것이다. 글은 나로써 먹고 살아야 하는 것이다. 나에게 비가 온다고 쓰게 함으로써 글은 살아가고 있는 것일지도 모른다. 만약 그렇다면, 글에게 그런 입장이 있다면, 어쩐지 조금 좋다. 내가 글을 장악하는 것이 아니라는 사실이. 글이 주체가 되고 내가 그저 글의 온전한 수단이 되어버릴 수도 있다는 사실이.

　나는 글에 대한 글을 쓰는 일이 좋다. 이런 것을 보통 메타 무엇이라고 하는 것 같다. 메타 시. 메타 비평. 메타 무엇. 글은 삶을 반영하는 것이니까 글에 대한 글은 삶의 반영의 반영일지도 모른다. 마주 놓은 거울 속처럼 끝없이 반복되는 것이다. 나의 오랜 시 선생님은 본인의 스승으로부터 "시를 살아라"라는 말을 들은 적 있다고 했다. 예전에는 무슨 뜻인지 몰랐지만 지금 그 말을 떠올리면 나는 퍽 기쁘고 자유로워진다. 시를 산다니, 참 말도 안 되고 멋진 말이다. 이 세계의 무엇이 말이 될 수 있을까? 아침마다 새가 울고 새의 발성이 공기를 진동시켜 나의 고막에 닿고, 잠에서 깬 내가 침대에 가지런히 누워 있고, 곰곰이 생각해보면 그 모든 것이 말이 되지 않는다. 기이하고 기이하다. 어쩌면 이 모든 것이 일종의 광증일 수도 있을 것이다. 그렇다면 글쓰기는 광증인 동시에 광증을 숨기는 행위일 수도 있을 것이다. 그렇다면 그것은 바로 자유일 것 같다.

비가 온다. 비가 온다고 쓰기 위해 비가 온다고 말해본다. 비를 발음해본다. 비를 발음하는 일에는 크게 두 가지의 가능성이 있을 수 있겠다. 첫째, 입술을 길게 붙였다 떼는 부드러운 파열음으로 '비'라는 글자를 읽기. 둘째, 혀와 숨과 성대를 활용해 최대한 빗소리와 가까운 흉내를 내기.

전자의 경우에 비는 비를 넘어서게 될 수도 있다. 왜냐하면 한국어에는 접두어로 자주 쓰이는 한자 아닐 비(非), 내리는 비를 한층 더 멜랑콜리하게 만드는 동음이의어 슬플 비(悲) 등의 표현이 내리는 비만큼이나 자주 쓰이고(네이버 국어사전에 '비'를 검색하면 삼십여 개의 '비'가 등장하는데, 그중 가장 흥미로운 것은 열두번째 발 벨 비(剕)이다. 발뒤꿈치를 베는 형벌을 뜻한다고 한다), 영어에는 그보다 귀여운 꿀벌 비(bee)도 존재하기 때문이다. 내리는 비를 위해 비, 라고 발음할 때 우리의 상상은 물기와 빗소리와 어두운 하늘 같은 비의 요소들을 불러오지만 상상의 이면에서, 음성의 역사적 차원에서 우리가 발음했던 모든 비, 아닐 비나 슬플 비나 꿀벌 비 등이 비라는 말 속에 잠재되어 있고, 그렇기에 비는 아닌 것, 슬픈 것, 꿀벌과 뒤섞이며 내리는 비를 넘어서게 될 수도 있다.

후자의 경우라면 조금 까다롭다. 인간으로서 빗소리를 흉내내기? 나는 모든 종류의 모사에 취약하다. 다만 빗소리와 가장 닮은 발음을 지닌 언어 하나를 상상해본다. 아마도 비가 많이 내리는 습하고 더운 지역의 언어일 것이다. 아주 오래전, 재능 많던 그곳의 누군가가 혀와 숨과 성대를 활용해 빗소리를 기가 막히게 따라했을 것이다. 그 소리를 들은 사람들은 감탄했을 것이다. 모두가 그를 흉내내다가 단어 하나가 탄생했을 수도 있을 것이다. 빗소리를 음성화한 그 단어는 비를 지칭할 수도, 비가 아닌 다른 것을 지칭할 수도 있을 것이다. '대피'라거나 '우산'이라거나 '개구리'라거나, 혹은 '사랑'이나 '슬픔'일지도 모르고, 비와는 무관한 '천사'라거나 '느낌표'라거나 혹은 어떤 고유명사일지도 모른다. 빗소리를 닮은 발음의 단어 같은 것은 존재하지 않는 언어권에 사는 나로서는 짐작도 못할 어떤 의미를 품고 있을지도 모른다. 혹은 기의가 부재하는 의성어나 감탄사, 그런 것일지도 모르겠다. 인사말이라면 한층 더 근사하다. 오랜만에 마주한 사람과 서로 빗소리를 발음하며 나누는 안부 같은 것을 상상한다. 언어는 변화하니까, 인간의 말투 속에서 느리게 변해갈 비의 소리를 가늠한다.

유튜브에 검색하면 백 년 전의 한국어를 들어볼 수 있다. 일제강점기 시절 한국어가 사라질 것을 염려한 사람들이 목숨 걸고 남겨둔 육성 녹음본이라고 한다. 어른과 아이의 음성이 함께 녹음된 버전에서 어서 이리 오너라, 나비 나비 오너라, 발음하는 목소리가 또렷하고 낭랑하다. 음질이 좋지 않음에도 청결하게 들린다. 억양도 내용도 지금과 크게 다르지 않다. 듣고 있다보면 백 년이라는 시간이 순식간에 압축되어버리고, 한복을 입고 녹음기 앞에 모여앉아 또박또박 발음하는 크고 작은 얼굴들이 눈앞에 보이는 듯하다. 과거와 현재와 미래, 수많은 시공간에서 하나의 말을 발음하는 수많은 얼굴들을 떠올린다. 입에서 입으로 옮겨다니는 말들, 과연 무엇이 변하고 또 무엇이 그대로인가. 하나의 언어가 탄생하고 서서히 소멸하는 시간을 상상한다. 언어의 입장에서 백 년은 찰나에 불과할 것이다. 그리고 나는 지금 여기에서, 어쩌면 넘쳐나는 것처럼 보이는 한국어의 홍수 속에서 글을 쓰고 있다. 한국어의 새로운 조합을 생성하고 있다. 말을 보태고 있는 것이다. 말은 보태지고 보태지며 지속된다.

비가 온다. 맑은 밤하늘에 감싸인 오래된 아파트 건물 안 어딘가에서 글을 쓰고 있는 나의 모니터 속에, 백지 위에, 비가 온다는 문장이 적힌다. 비가 온다.

비가 온다는 문장을 통해 먼 곳으로 갈 수도 있었을 것이다. 끝없이 비가 내리는 어느 행성의 찬란한 풍경을 상상하거나 비를 사유하고 비의 의미를 가늠하거나 장마철이면 홍수로 고생하는, 반지하에 사는 나의 친한 친구 이야기를 할 수도 있었을 것이다.

내 기억의 풍경 속에 내리는 숱한 빗줄기들─빗속에서의 이별, 흙탕물 밟기, 흠뻑 젖은 몸과 열감기, 그런 것에 대해 말해볼 수도 있었을 것이다.

그러나 비가 온다는 문장을 통해 비라는 말 속에 오래도록 머무를 수도 있을 것이다.

그편이 내킬 때가 있다.

피아노―비유

양말을 신으며 연습을 시작한다. 차가운 페달을 밟으면 몸이 조금 굳으니까. 오늘은 선물받은 양말을 신자. 발목 부분에 손바느질로 돌고래 무늬를 수놓은 네이비 양말. 그러니까 선물한 이의 손이 앞뒤로 움직이는 모습이 이 양말에 새겨져 있는 셈이다. 손의 진자운동을 상상하며 양말을 신으면 두 발이 커진 것처럼 밟고 있는 땅이 좀더 안전하게 느껴진다. 안전하니까 악보 위에서 시선의 걸음을 떼본다. 손가락을 건반에서 떼본다. 허공에서 멈춘 손가락이 다음 건반을 누르기 전까지의 작은 공포. 머릿속의 소리와 건반의 소리가 일치하는 경우는 없기에 늘 미묘한 틀림을 견디며 지속해야 하는 연주. 페달을 밟는다. 왼쪽 페달은 소프트 페달. 오른쪽 페달은 댐퍼 페달.

완주할 수 있는 곡은 왈츠뿐이다. 나는 왈츠를 잘 치고 싶다. 유튜브에 쇼팽 왈츠 마스터클래스를 검색한다. 마스터클래스는 대가들의 레슨을 말한다. 뭐야, 사실 대가처럼 연주하고 싶은 거야? 나는 나를 조금 비웃는다. 그렇지만 거인의 어깨에 올라선다는 말도 있잖아. 또다른 내가 속삭이면 그놈의 어깨 오르려다 추락사하는 거야, 또다른 내가 빈정댄다. 어찌됐든 재생한다. 스타인웨이 그랜드피아노 두 대와 양복을 차려입은 대가 한 명, 작은 양복을 차려입은 어린이 연주자 한 명이 레슨을 시작한다. 대가는 어린이 연주자에게 이 구간에서는 아기 새가 건반 위에서 구르듯이 연주해야 한다고 말한다. 나는 누가 무엇을 가르치기 위해 사용하는 비유들을 좋아한다. 왜냐하면 그것은 효율적이고, 언어의 낭비가 없고,

자의식이 없고, 오로지 전달만을 위한 비유, 기계의 아름다움이 있는 비유이므로. 그러니까 아름다우려 노력하지 않는 비유만이 갖는 아름다움. 나는 그런 것들이 좋고, 몇 개의 마스터클래스 영상을 훑어본 결과 대가들은 그런 비유를 잘한다. (피아노를 처음 배우던 날, 원장님은 내게 "정수리에서부터 물이 흘러내려 손끝으로 한 방울 톡 떨어지는 것처럼" 건반을 눌러야 한다고 말했다. 나는 그 말의 아름다움에 감탄하느라 쳐야 할 부분을 잊어버리고 말았다.) 비유를 잘해야 대가가 되는 것일까? 그리고 대가들은 백발이다. 그렇다면 혹시 나는 비유를 잘하는 백발이 되고 싶은 것인가? 영 틀린 말은 아니다.

그러니까, 왈츠를 잘 치려면 어떻게 해야 하나요? 나는 대가에게 묻고 싶다. 아마 어린이 연주자도 같은 마음이었을 것이다. 그러나 왈츠를 가르치는 대가들은 언제나 학생에게 묻는다. 왈츠가 뭐지? 학생은 대답한다. 춤이요. 늘 똑같다. 모든 왈츠 레슨 영상에 왈츠가 뭐지? 하는 질문과 왈츠는 춤이에요, 하는 대답이 등장한다. 나는 춤으로서의 왈츠를 모른다. 한 번도 춰본 적 없는 왈츠를 연주해야 한다면? 내적 왈츠를 춰야 한다면? 나는 박치에 몸치인데 댄스곡을 잘 연주하고 싶으면 어떻게 하지? 아무래도 역시 대가의 마스터클래스를 시청하는 수밖에 없다. 대가는 왈츠의 박자에 맞추어 조금씩 춤을 추기도 한다. 왈츠를 알려주는 것이다. 학생과 피아노 앞에서, 쿵짝짝 쿵짝짝 입으로 소리내며 스텝을 밟는다. 이 춤은 하나의 비유다. 초등학생쯤 되어 보이는 학생이 웃는다. 그리고 쿵짝짝 고개를 흔들며 왈츠를 연주한다. 쇼팽의 화려한 대왈츠, 쇼팽 왈츠 1번이고, 화려한데다 무려 대왈츠인데, 사실 홈플러스 마감 시간에 나오는 노래라, 이 곡을 연주하면 나는 궁정의 춤판보다 먼저 형형색색 기성품들이 들어앉은 가판대의 모습, 지친 캐셔들의 얼굴, 대형 마트의 왁스칠 된 매끈한 바닥과 손잡이가 녹슨 카트를 꺼내기 위해 집어넣었던 백원짜리 동전 같은 것들을 먼저 떠올리고 마는 것이다.

왈츠를 연주해야 하는데 홈플러스의 풍경을 먼저 상

상하는 현대인 한 명 피아노 앞에 앉는다. 붉은빛이 감도는 갈색의 영창 피아노, 오십오만원 주고 당근마켓에서 샀다. 나는 이 피아노의 몸체를 이루는 나무가 어디에서 왔는지 모른다. 나에게는 어릴 때부터 소중한 물건들에 이름을 붙이는 습관이 있고 이 피아노에게도 독자적인 이름을 지어주고 싶었으나 실패했다. 가능하면 나무의 이름으로 불러주고 싶었는데 피아노에게 '피아노' 말고 다른 이름은 상상하기 쉽지 않다. 사실 나는 피아노라는 이름이 좋다. 파열음과 유성음이 뒤섞인, 이탈리아어지만 어딘지 한자어 같은 발음이 좋다. '피아노'라고 말하는 순간 귓가에 울리는 건반 소리가 좋다. '피아노'라는 이름은 이탈리아어 'pianoforte'의 줄임말이다. '여리게, 강하게'라는 뜻. 피아노의 발명 이전까지 쓰이던 하프시코드와 달리 터치로 셈여림을 줄 수 있기에 지어진 이름. 어원은 라틴어 형용사 'planus'. 편평하다는 뜻이다. 계획을 뜻하는 영어 단어 'plan'과 기원이 같다.

피아노의 이름은 편평하다에서 왔다. 그런데 피아노

의 몸통이 어디에서 온 나무인지는 도통 알 수가 없다. 알 수 있다면 좋을 텐데. 숲을 걷다 같은 종의 나무를 마주친다면 반가울 텐데. 반갑고 또 미안하기도 하겠지만. 나는 허리가 완전히 꺾인 커다란 나무 한 그루를 상상한다. 나무의 몸통은 갈리고 잘려 악기가 되어 이곳저곳에서 이런저런 소리를 내는 울림통으로 살다가 어느 날 갑자기 나의 거실로 옮겨졌을 것이다. 나무는 어떻게 죽어서도 이렇게 견고할 수 있을까. 새하얗게 부스러지는 나의 살과 뼈들을 상상한다. 악기가 되기에는, 소리를 담기에는 아무래도 빈약하다.

나는 나의 피아노가 너무 좋다. 어느 가정집에서나 볼 수 있는 흔한 업라이트피아노지만 피아노 학원에서 레슨 받을 때 치는 야마하 그랜드피아노보다 훨씬 좋다. 소리의 울림이 짧고 얕고 힘이 없고 높은 솔에서 조금 찢어지는 소리가 나고 약음 페달이 다소 헐겁지만 그래도 좋다. 왜 이렇게 좋을까? 피아노를 집으로 운반해 오던 날 조율사가 "이거 꽤 좋은 피아노예요"라고 말해주었기 때문일까? 아니면 창가에 피아노를 두는 바람에 햇살 내리는 날엔 햇살을, 비가 오는 날엔 빗줄기를 바라보며 연습했기 때문일까? 처음 가져본 나만의 피아노이기 때문일까? 고작 이 년을 함께했을 뿐인데 이 년을 함께한 그 어떤 사람보다 나는 이 피아노를 더 사랑하고 있다. 어느 날 피아노가 나를 거절한다면 나는 울고 말 것이다.

물론 그럴 일은 없다. 피아노는 다만 나의 못생긴 연주를 온몸으로 견뎌주는 사물이다. 피아노에게는 견딘다는 자각 같은 것이 없으므로(있다고 상상하면 그에게 너무나 미안하다) 그저 내가 나를 견디고 있다는 말일 수도 있다. 대체로 내가 연주를 시작하는 것이 아니라 피아노가 나를 시작한다. 창가에서 이리 와 얼른 연습해, 나를 부른다.

자, 오늘은 어떤 곡을 연습할까. 왈츠는 환하다. 왈츠 안에는 빛이 있다. 왈츠를 연습하며 기쁨에도 다양한 결이 있다는 사실을 알았다. 왜 문학은 슬픔을 수천수백

가지로 분류하고 각각의 슬픔이 얼마나 섬세한지 표현하고자 하면서 왜 기쁨의 다양성을 발굴하는 일에는 소홀했던 것일까? 다음에는 기쁨의 시를 써보아야겠다 생각하며 왈츠 악보를 덮는다. 오늘은 어쩐지 기쁨의 감정을 연습하고 싶지 않다. 다른 악보들을 뒤적거려본다. 친구들이 선물해준 멋진 악보들, 헨레와 파데레프스키판(版) 쇼팽 발라드와 브람스와 라벨의 소나타 악보가 있지만, 그들 중 한 곡이라도 연주하기에는 턱없이 부족한 실력이다. 나는 순순히 태림출판사에서 나온 모차르트 소나타 악보를 펼친다. 오늘은 모차르트 소나타 8번 1악장을 좀 쳐보려고 한다. 모차르트 소나타 중 가장 좋아하는 곡인데다 악보를 보아하니 조표가 단순하여 일 년 전 덜컥 배우고 싶다고 선생님께 말씀드렸는데, 알고 보니 모차르트 소나타 중 손꼽히는 난곡으로…… 일정하게 연주해야 하는 구간이 너무나 많으며 그러한 일정함 속에서 격렬한 감정 표현이 발생하는, 곡 설명에 언제나 모차르트가 어머니를 잃은 슬픔을 담았다는 일화가 적히곤 하는 곡이었다. 1악장을 반년 동안 연습했으나 곡이 요구하는 경지에 털끝만큼도 가닿지 못한 기분이다. 특히 클라이맥스에서 손가락이 잘 돌아가지 않는다. 아무래도 음표가 너무 많고 속도가 빠르다. 천천히 쳐도 되지만 빨리 쳐야 좋은 곡들이 있다. 음악의 지체 없는 흐름 속에서 나는 자꾸 틀린다. 곡이 휘청거린다. 견디다 못해 악보를 덮고 하농 연습곡집을 편다.

원장님은 하농 연습을 극기 훈련에 비유했다. 무거운 모래주머니를 차고 매일매일 운동장을 달리다보면 모래주머니를 뗀 어느 날에는 날아가는 기분으로 달릴 수 있을 거라고 했다. 그러니까 하농 연습은 모래주머니를 차고 하는 달리기였다. 당연히 좋을 리가 없었다. 하농 연습에 좋음이 있다면 보통 격하게 운동을 한 다음날 온몸에서 솟구치는 격렬한 근육통을 통해 나의 근육량이 늘고 있다는 자각에서 오는, 약간은 변태적이고 자기 착취적인 좋음이다. 그러니까 근육량처럼 피아노 실력이 늘고 있다는 좋음 말이다. 하농 연습을 하다가 정말 좋을 때가 있다. 연습의 행위 자체가 좋음이 되는 순간이.

일정함이 주는 안정, 이대로 영원할 것 같은 리듬, 감정을 넣지 않아도 되는 담백함, 그러한 지속됨, 영원함, 그럼에도 불구하고 그러한 반복 속에서 발생하는 새로움 같은 것이 하농 연습에는 존재한다.

　도에서 레를 끄집어내며 연습을 시작한다. 나의 몸에 반복이 새겨진다. 시간이 새겨지고 울림이 새겨지고 근육이 새겨진다. 바느질하는 손놀림이 양말에 새겨져 돌고래 모양이 되듯 반복은 내 몸의 무늬가 된다. 나는 나의 실력이 조금씩은 늘고 있다는 게 신기하다. 건반을 움직이는 손이 육 개월 전보다 빨라졌다는 게, 보이지 않는데 누적되는 것이 존재한다는 사실이 잘 믿기지가 않는다. 그러나 연습하는 몸은 그런 것이 있다고 알려준다. 어제는 힘들었던 손가락의 도약이 오늘은 조금 편안하니까. 세 개의 손가락으로 동시에 눌러야 하는 코드가 이번엔 좀더 깔끔하니까. 왼쪽 페달은 소프트 페달. 오른쪽 페달은 댐퍼 페달. 가운데 페달은 약음 페달이다. 눌러서 홈에 걸어두면 피아노 소리가 작아진다. 나는 이

웃들의 귀가 덜 고통받기를 바라며 가능한 한 약음 페달을 걸어두고 연습한다. 약해진 음의 반복이 나의 귀에 밴다. 피아노 학원에서 약음 페달 없이 연습할 때, 나는 그 크고 선명한 소리에 조금 놀라고 만다.

지난 시집 『세트장』에 수록된 첫번째 시의 제목은 '하농 연습'이다. 편집자님께서 '하농'을 외국어 표기법에 따라 '아농'으로 바꿀까요? 하고 물어봐주셨지만 아마 형식상의 질문이었을 것이고(우리 모두가 하농을 하농—간혹 하논—이라 부르니까) 하농 연습이 갖는 정서는 어린 시절 피아노를 배워본 동시대인 모두가 공유하고 있을 것이다. 하기 싫음, 강제성, 뻐근한 손가락, 사과를 두 개씩 칠하던 연습 노트 같은 것들 말이다. 시를 쓰기 위해 작곡가 하농의 사진을 검색해보았다. 어딘지 근엄한 대통령 후보 같은 얼굴이다. 이런 연습곡을 작곡하기에 딱 어울리는 인상이라고 생각한다. 도레미도레미파레미파솔파미솔파미…… 하농 연습 하며 밥도 먹고…… 하농 연습 하며 결혼도 하고…… '하농 연습' 시에서는 반복과 영원이 하농 연습에 비유되고 있다. 이 시의 마지막 문장은 "언제쯤 나는 쇼팽을"이다.

두 번의 리사이틀에서 울어본 적이 있는데, 한 번은 백건우 피아니스트의 쇼팽 녹턴 연주회에서였고 다른 한 번은 2022년 3월에 있었던 크리스티안 지메르만의 내한 공연에서였다. 관객석의 조명이 꺼지고, 백발의 연주자들이 무대 위로 걸어나오는 순간부터 눈물이 쏟아졌다. 아마도 한 사람이 건반 앞에서 보내온 생의 숱한 시간들을 감각하게 되는 순간이기 때문인 것 같지만 정확한 이유는 알 수 없었다. 저들은 얼마나 많은 운동장을 모래주머니를 달고 달렸을 것인가. 피아노 의자에 앉아 머리가 세고⋯⋯ 눈이 나빠지고⋯⋯ 반복이 지층처럼 누적된 시간의 흔적을 무대라는 공간에서 펼쳐 보이는 직업을 가진 말년의 연주자들은, 연주의 완성도와는 별개로 그들이 반복한 시간을 실재하는 하나의 공간으로 만들어 우리를 그곳으로 불러들인다.

공연이 끝날 때까지 나는 울고 있었고, 집에 가서 이어마어마했던 공연의 감상을 글로 써야겠다고 생각했지만 쓰지 못했다. 아직 벅차기 때문인가. 자고 일어나서 써야겠다, 라고 생각했지만 다음날에도, 그다음날에도 쓰지 못했다. 소리에 대해 덧붙이는 모든 말은 그 자체로 잉여이며 부정확한 비유가 되었다. 어쩌면 나의 역량이 부족한 탓인지도 모른다. 그러니까 오늘도 비유를 버리고, 말을 버리고, 그냥 연습이나 하자고 생각한다. 이대로 가다간 비유를 잘하는 백발도, 피아노를 잘 치는 백발도 되지 못하겠지만, 다시 악보를 펴고, 도에서 레를 끄집어내며 연습을 시작한다.

봄—터널

    손을 잡으면 손안에 터널이 생긴다. 우리의 손등이 터널의 외부를 지을 때 세계는 작은 터널이라는 비밀을 간직한 장소로 변모하고, 우리는 손안의 어둠이라는 비밀을 생성하고 수호하는 두 사람이 되어 걸어간다. 터널을 들고 터널 안을 걷기. 터널의 안은 인도와 차도가 구별되어 있어 빠르게 달리는 차들 곁을 느리게 걸을 수 있다. 우리 손안의 터널도 인도와 차도가 구별되어 있다면 그곳을 느리게 걷는 것들은 어떤 미래일 것이다. 영원히 터널의 밖으로, 맞잡은 두 손의 밖으로 쏟아지지 않는 미래. 미래는 우리의 잡은 손 안에 갇혀 있다.

　터널의 입구에서 어둠으로 북적이는 터널의 안을 본다. 입구 앞에 설 때 출구의 존재는 사실이 아니라 믿음이고, 우리는 그러한 믿음으로 터널 속 어둠에 발을 담글 것이다. 어두운 곳에 들어갈 때 손을 잡듯이 밝은 곳으로 나갈 때에도 손을 잡는다. 명도는 우리의 모습을 스펙트럼화한다. 어떤 빛도 너를 결정하지 않는다. 어떤 어둠도 그러지 않듯이. 그러나 시간을 얇게 쪼개면 매 순간 결정은 무수하게 내려지고, 그렇기에 결정은 없다고 보아도 좋다. 혈관 속 혈액 흐르는 소리. 이 흐름의 무엇도 결정할 수 없음. 그럼에도 우리는 선택을 한다. 그편이 인간적이다.

　너는 나를 결정하지 않고 그것은 내가 너를 결정하지 않는 방식과 같다. 우리를 결정한 계절이 우리를 에워쌀 때 우리는 계절 속에 놓이게 된다. 계절은 강한 손으로 세계에 우리를 고정하는 압정을 박는다. 그러므로 계절의 변화는 옅은 통증과 함께 온다. 익숙한 온도를 잃어버린 피부는 가벼운 통증을 느끼며 추위가 사라지는구나, 더위가 사라지는구나 알게 된다. 살아 있음은 통증을 동반하고 통증은 나의 살아 있음을 증명하고 빛이 그 아픔의 표면을 어루만진다. 바뀐 계절마다 다른 질감과 무게의 빛이 살에 얹힌다. 봄볕이 우리의 벌어진 손가락 사이를 파고들어 조금 찢어놓는다. 내가 살아 있다는 뜻이다. 살아 있지 않은 사람들은 지금쯤 어디에 있을까. 그들에게도 계절의 변화가 있을까. 그림자들이 겪는 계절을 상상한다. 바닥에 엎질러져 있는 검은 형체들이, 자신을 더 짙거나 옅게 만드는 빛의 움직임에 온몸으로 반응하는 모습을 본다. 그러나 빛이 그림자를 만들 때 그림자도 빛을 만드는 것인지도 모르겠다. 살아 있어서 죽는 것이 아니라 죽기 때문에 살아 있는 것처럼. 삶이 죽음을 만들듯 죽음은 삶을 만들고 있는 것이다. 빛이 흔들린다. 그림자가 흔들린다. 멀리 있는, 죽은 나의 친구들에게도 이 빛이 닿아 내가 있는 삶의 공간과 그들 사이의 거리가 좁혀지기를 바라지만, 그것이 그들이 원하

는 바가 아니라고 생각하면 나의 마음도 조금 찢어지는
것 같다.

터널을 건널까. 터널 안에서 미래는 빛. 현재는 어둠.
아니다. 미래는 커다란 안개여서 빛나는 현재로도 그것
을 뚫을 수 없다. 그러나 사실은 현재도 안개고 과거도
안개다. 우리는 안개로 안개를 뚫으려 했나. 터널 앞에서
우리는 멈춰 선다. 한 무더기의 개나리를 발견했기 때문
이다. 봄에 처음 만나는 개나리는 언제나 부드러운 충격
을 준다. 봄볕은 개나리와 우리에게 공평하게 쏟아진다.
개나리와 우리는 공평하게 서로 마주본다. 우리의 눈동
자가 노랗게 차오른다. 개나리에게 눈동자가 있다면 그
속에 우리가 차오를 것이다.

터널 안으로 들어가면 개나리는 선명한 과거가 되겠
지. 터널 안에서 문득 뒤돌아볼 때 개나리는 사라져 있
을 수도 있다. 개나리는 우리의 기억 속에만 있어 영원
히 그 앞으로 돌아가지 못하고 장면으로 남게 될 수도

있다. 나는 나의 등뒤를 잘 믿지 못하는 편이다. 터널 속 어둠과 개나리는 한 개의 직선 위에 배치되어 있다. 우리가 개나리를 등지고 걷는다면 반대편에서 오는 누군가는 개나리를 향해 걷게 된다. 우리에게 입구였던 곳이 그에게는 출구가 되어 마침내 터널 밖의 터지는 빛 속에서 한 무더기의 개나리를 보게 되고, 부드러운 충격을 받은 그의 눈동자가 노랗게 차오르고…… 같은 터널을 걸었던 이상 타인은 더는 완벽한 타인이 아니게 된다.

개나리 앞에서 사진을 찍는다. 사진을 찍기 위해 우리는 잡았던 손을 잠시 놓는다. 작은 터널이 허공에 풀어진다. 개나리는 주변의 빛을 모두 빨아들인 것처럼 밝다. 그러나 너의 빛은 여전히 너의 것으로 있다. 너의 파란 셔츠는 노란 개나리 아래에서도 여전히 파랗고, 파란색은 자동적으로 바다의 이미지를 불러오고, 나는 바람이 불어 넘실거리는 너의 셔츠 앞섶에서 우리가 아직 가지 않은 미래의 바다를 본다. 수면의 잔물결이 너를 감싸며 느리게 퍼져나가는 모습을. 바다는 우리의 미래. 개나리는 우리의 현재. 파랑과 노랑이라는 색채의 명랑한 이름 하에 우리의 현재와 미래는 느슨하게 뒤섞인다. 노란 개나리 아래에서 파란 옷을 입은 너는 웃고, 나는 따라 웃으며 너를 찍는다. 평면 위에 이미지를 생성하고 간직하기 위해 너의 실물과 부피, 구체성을 유실한다. 사진이 생긴다. 사진은 떠오른다. 너의 표면이 사진에 담길 때 표면이란 얼마나 표면에 불과한 것인지 생각한다. 그러나 표면 없이는 실물도 부피도 구체성도 없다. 너의 표면과 봄의 표면이 하나의 평면 위에 담긴다. 잘 나온 사진. 못 나온 사진. 사진들을 보며 함께 웃는 동안 우리는 터널을 잠시 잊는다. 손안의 작은 터널도 우리가 건너가야 할 거대한 터널도 잊는다. 우리는 봄에 있다. 봄은 우리로써 기념된다. 우리의 사진으로써, 우리의 웃음으로써, 우리의 걸음으로써 우리의 일부가 된다. 우리가 봄의 일부가 되듯이. 우리는 이렇게 봄에 참여한다. 콘크리트 벽 위로 길게 늘어진 개나리 덤불의 약한 흔들림처럼 봄의 미세한 움직임이 된다.

다시 손을 잡는다. 잡은 손 안에 어둠이 고인다. 우리 손안에 들어찬 어둠 속에서 미래가 느리게 걸어다니고 있다. 미래는 간지럽다. 어둠을 자꾸 헤치려고 한다. 이제는 터널 안으로 우리가 들어갈 차례다. 네 개의 발이 터널을 향한다. 뻗은 다리들과 두 개의 몸통이 터널 속 어둠에 잠기려 한다. 터널에 들어가는 느낌은 잠드는 감각과 비슷하다. 터널로 가는 길이 꿈으로 가는 길처럼 느껴진다면 그것은 일종의 착각이지만, 때로는 착각이 우리를 걷게 하기도 한다.

터널은 우리에게 발생한 사건이므로 우리는 입구로 들어가 터널 속에 잠기고 터널을 빠져나와 마침내 터널을 잊어버리면 된다. 그러나 터널에 대해 쓰기로 결정한 이후의 터널은 이전의 터널과 조금 다르다. 집 앞의 이 짧은 터널을 건너는 일이 하룻밤의 잠처럼, 혹은 몇 달간의 여행처럼 느껴지는 이유는 터널이 나에게 하나의 글이거나 혹은 글이 되기 직전의 덩어리이기 때문이다. 터널에 대해, 터널 입구에서의 우리에 대해 이렇게 적음으로써 터널은 종이 위에서 변주되고 증식한다. 터널은 너무나 중립적이어서 무한하다. 터널에 대해서라면 한없이 쓸 수 있을 것 같지만 오늘은 터널을 통과하는 봄날의 우리에 대해서만 쓰기로 결심하였고, 사실 그 역시 한없이 쓸 수 있을 것만 같은 기분이 든다. 죽을 때까지 터널에 대해서만 쓰기. 불가능한 일은 아닐 것이다. 터널은 세계가 잠깐 꺼졌다 켜지는 공간이기 때문이다. 잠깐은 영원이며 쓰는 일이란 곧 영원에 대해 쓰는 일이기 때문이다.

　문자. 기록. 이미지. 나는 이 터널을 우리의 은유로 삼지 않도록 주의한다. 터널에 대한 묘사가 우리의 관계를 반영하게 되지 않기를 바란다. 터널은 빛과 어둠, 안과 밖이 모두 존재하는 양가적인 공간이고 따라서 글을 쓸 때 이분법적으로 사용되기 좋은 구도를 형성한다. 나는 그것이 편리한 은유가 되기를 바라지 않는다. 다만 봄과 터널에 대한 글쓰기가 기억 속의 봄과 터널을 지워버리기를 바란다. 나는 내 삶의 여러 국면들을 글로 씀으로써 잊어버리고는 했다. 아마 다른 방식도 있을 것이다.

이를테면 잉크로 적힌 가는 글씨의 한 획마다 팽창하는 허공이 투입되고, 획들이 작은 점으로 분해되어 점들은 서로 멀어지고, 마침내 그것을 지워짐 혹은 사라짐이라 부르게 되는 일련의 행위가 터널에 대한 쓰기를 모두 이루게 되는 것. 그 역시 마음에 든다. 어느 쪽이든, 우리는 터널을 지나야 집에 갈 수 있다. 터널 속의 걸음을 추동하는 집이라는 믿음이 있다. 그리고 우리는 우리의 단단한 몸에 명백하게 달려 있는, 텍스트도 관념도 아닌 두 발의 움직임으로 그곳에 간다.

터널에 들어선다. 터널이 조금 찢어진다. 잡은 손 안의 어둠이 흔들린다. 공간에 들어서는 일은 언제나 조금 폭력적이라는 생각이 들지만 그 느낌에 대해 정확히 설명할 수는 없다. 터널을 걸을 때 신발 밑창에 닿는 땅의 감촉 역시 아무리 노력해도 묘사할 수 없다. 눈동자에 닿는 터널의 풍경은 어쩌면 빛과 어둠에 기대어 묘사할 수 있을 것 같다. 우리의 감각이 묘사될 수 있거나 말거나 우리는 걷는다. 눈앞에 들어찬 터널 속 어둠을 헤치며 나아간다. 몸안으로 쏟아지는 감각의 낙수를 감당하면서. 터널 속의 추위가 살에 닿는다. 아스팔트 바닥 위로 출렁거리는 녹색 빛에 우리의 그림자가 섞이고, 눈동자에는 자동차 헤드라이트 불빛이 묻었다 다시 지워진다. 빠르게 지나가는 차들이 진동시키는 터널 안의 공기는 나의 귓속으로 흘러들어와 고막을 건드린다. 터널 안에서 나는 너의 손을 잡고 있지만 너와 닿아 있는 오른손을 제외한 신체의 넓은 표면은 터널 안의 모든 것과 스킨십한다.

스킨십은 물질 간에 가능한 것이다. 정보에는 물성이 없다. 그러나 이 터널은 서울에서 가장 오래된 도로터널이야라는 말은 터널에 관한 정보를 소리로 전환하여 나의 고막을 울린다. 터널이 준공된 1967년의 서울에 우리는 없었다. 혹은 우리가 아직 우리 아닌 것으로 있었다. 우리는 셀 수 없이 많은 소립자로 우주 어딘가에 흩어져 있다가 1990년을 전후해 우리의 신체로 건축되었다. 백년이 채 지나기 전에 우리는 다시 작은 입자들이 되어 먼 곳으로 흩어질 것이고, 다시는 같은 몸으로 모여들 수 없을 것이다. 우리가 우리의 신체로 존재하는 시간은 사실 아주 잠깐에 불과하다. 터널이 터널의 신체로 존재하는 시간은 아마 그보다 좀더 길겠지. 나는 서울 여기저기에 뚫려 있는 온갖 터널들을 상상한다. 인간의 편리한 이동을 위해 부서져내린 산의 뼈와 살들. 그 잔해들은 지금쯤 모두 어디에 있을까. 우리집 화분에 담긴 한줌의 흙이 칠십여 년 전에는 내가 걷는 이 터널을 채우고 있었을지도 모른다. 그 산에서 오래전 나의 직계 조상님이 실족해 돌아가셨을지도 모른다. 그렇다면 이 흙은 그의 일부이고 이 터널은 그의 무덤이며 나는 그의 후손이므로 터널과 흙과 나 중 그 무엇도 서로 완전히 분리되어 있다고 말할 수는 없을 것이다. 내가 좋아하는 마리아 포포바의 『진리의 발견』 도입부는 이렇게 시작한다. "이 모든 것, 그러니까 토성의 고리와 아버지의 결혼반지, 해 뜰 무렵 하늘을 붉게 물들이는 구름, 포름알데히드 병에 담긴 알베르트 아인슈타인의 뇌, 그 유리병의 유리를 구성하는 모든 모래알과 아인슈타인이 그 뇌에서 떠올린 모든 생각, 내 고향 불가리아의 릴라 산맥에서 들리는 양치기 처녀들의 노랫소리와 그네들이 모는 양떼의 모든 양 (……) 내가 사랑하는 이의 북두칠성 모양 주근깨와 내가 그녀를 사랑할 때 부드럽게 진동하는 축삭 돌기의 모든 떨림, 우리가 끊임없이 현실을 파악하고 바꾸는 도구로 사용하는 모든 사실과 환상, 이 모든 것은 138억 년 전 한 점에서 폭발하여 존재하게 되었다."•

터널은 넓고 길다. 백 명쯤 나란히 행진할 수도 있을 것 같다. 그러나 터널의 천장까지 이어진 높고 투명하고 지저분한 벽이 차도와 인도를 분리하고 있다. 그것은 오래전에 하늘로부터 터널을 향해 내리꽂힌 거대한 칼의 단면처럼 보인다. 우리는 그 벽의 안쪽에서 걷고 있다. 더 좁은 쪽을 안쪽이라고 부르는 언어 습관. 외부와 내부라는 개념은 '오다'와 '가다'라는 동사처럼 주체의 위치를 희미하게 드러낼 뿐이지만 주체가 누구든 자신의 외

• 마리아 포포바, 『진리의 발견』, 지여울 옮김, 다른, 2020, 11쪽.

부보다 내부에 더 애정을 가질 수밖에 없고, 그렇기에 내부는 언제나 외부보다 좁은 장소다. 애정이란 언제나 더 작은 것을 향하기 때문이다. 누구도 이 세계를 통째로 사랑하거나 인류 전체를 사랑하지는 않는다. 개를 좋아하는 사람도 언제나 자신의 개를 더 좋아한다. 그렇다면 터널의 안쪽은 터널의 바깥쪽보다 더 좁고 작기에 안쪽이라 불리는 것일까. 안쪽이라는 단어가 가진 온기를 생각한다. 내 마음대로 터널의 안쪽을 세계의 바깥쪽이라 불러도 될까. 세계를 주체의 자리에 놓아보아도 될까. 터널의 안이 세계의 밖이라면 이곳은 아주 작은 밖, 드물게 안보다 작은 밖이다. 안과 밖이 뒤바뀔 때 출구는 입구가 입구는 출구가 될 것이다.

터널의 입구에는 개나리가 피어 있었다. 마침내 우리가 이 터널을 통과해 출구를 빠져나온다면 그곳에는 벚꽃이 피어 있을 수도 있다. 아직 벚꽃이 피기에는 이른 시기이지만, 터널이 우리가 걷는 동안 며칠의 시간을 앞질러 분홍색 꽃잎을 잔뜩 틔운 벚나무 앞으로 우리를 데려간다면? 혹은 우리를 실은 터널이 거대한 손에 의해 한 개의 롤케이크처럼 번쩍 들려서 옮겨진다면, 그대로 벚꽃 가득한 미래에 도착하게 될지도 모른다. 오늘처럼 어둡고 흐리고 미세먼지 가득한 봄 말고 봄이라는 관념에 가까운, 봄이라는 계절의 진부함을 실현하는 장면, 터널 밖 눈부신 빛 속에 도착했을 때 그 빛을 부드럽게 채우는 봄의 풍경이 우리의 눈동자 속에 차오르게 될지도.

혹은 터널이 우리를 전혀 다른 계절로 데려갈지도 모른다. 터널을 지나면 눈 덮인 설국이 우리 앞에 펼쳐져 있을지도 모른다. 갑작스러운 추위에 우리는 떨며 어리둥절할지도 모른다. 터널 안에서는 아무것도 알 수 없다. 하지만 터널의 밖에 설국이나 미래의 벚꽃이 아니라 내가 살아온 나의 집으로 향하는 익숙한 풍경이 있으리라는 믿음이 있다. 그곳을 지나면 외출하기 전과 같은 모습으로 나의 집이 유지되어 있을 것이라는, 익숙한 집이 우리를 환대하리라는 정확한 믿음이 있다. 눈에 보이지 않는 믿음이 우리를 걷게 한다. 미래는 믿음으로써 현재가 된다. 반대편에서 걸어오는 사람이 보인다. 우리가 들어온 터널의 입구는 그의 출구가 될 것이다. 그곳은 우리의 출구와 마찬가지로 목적지가 있다는 믿음과 그를 연결하는, 목적지를 실현하는 풍경이 될 것이다. 그와 내가 팔과 다리를 움직이며 서로를 지나친다. 살과 뼈와 믿음으로 이루어진 우리가 터널을 걷는다.

바다─리듬

리듬은 리듬 밖에서
리듬은 거처가 아니어서
리듬에 섞여들어간 나의 대부분이어서[•]

걷는다. 멈춘다. 모래 위에서는 잘 멈추어지지 않는다. 약간의 비틀거림이 동반된다. 이 위태로운 중단이 시에서의 행갈이와 비슷하다고 너는 느낀다. 걸음은 문장처럼 의미처럼 얼마간 이어진다. 멈추지 않아야 하는 순간에 멈추거나 멈춰야 하는 순간에 멈추지 않으며 너는 멈춤을 대충 여기저기에 끼워넣는다. 리듬은 아무데나 있다. 리듬이 너를 데려간다. 공사장 드릴 소리가 해변의

<hr>

[•] 이수명, 「미나리과에 속하는 법」, 『언제나 너무 많은 비들』, 문학과지성사, 2011, 88쪽.

아름다움을 끊어놓을 때 발생하는 춤을 본다. 그러나 보는 즉시 춤은 사라진다. 아름다움은 그 춤을 삼키며 스스로 낫는다. 걷는다. 멈춘다. 백사장은 지구의 맨살이므로 맨발로 밟는 편이 예의인 것 같다. 바다는 움직이는 피부처럼 밀려온다.

밀려오는 물과 물에 얽힌 빛들이 조용히 서로의 무게를 교환하는 장면 속에서 네 몸은 수평선과 수직으로 교차하는 어색한 직선의 모양으로 멈춘다. 물결에서 난반사된 빛들이 흘러다니는 얼굴은 부드러운 해변과 어울리지 않게 다소 경직되어 있다. 너는 풍경 안에 들어와 있으면서도 풍경으로부터 박리되었다고 느낀다. 유난히 크게 들리는 물 부딪치는 소리가 이곳으로 밀려오는 숱한 파도 중 어느 개체의 부서짐인지 알 수 없다. 듣고 있노라면 잊힌 꿈도 끌어낼 것 같은 원초적인 박자에 기꺼이 귀기울이면서도 너는 얕은 의기소침에 빠진다. 촉각을 배제한, 장면과 소리로만 경험되는 바다라면 이제 되었다고. 거대한 손에 의해 던져진 듯이 물속으로 뛰어드는 맨몸들을 바라보며 생각한다. 수영을 할 수 있다니, 정말 부럽다고.

걷는다. 멈춘다. 네가 몸의 인력이 육지보다 바다를 향하는 인간종의 일원이 아니라는 사실은 언제나 너를 조금 풀죽게 했다. 달아오른 살갗을 적시고, 사방이 물인 장소에 머리를 담근 채 물 밖의 시공간이 옅어지는 체험을 할 수 있다면. 물속에서 위를 올려다보며 수면을 하나의 두터운 창으로 삼을 수 있다면. 물의 감촉, 물의 온도, 물의 흐름에 접속하고, 물의 움직임에 너의 움직임을 녹여볼 수 있다면. 물과 몸의 협력으로부터 번번이 거절당하지 않을 수 있다면. 그러나 얕은 물도 북한산 꼭대기로 가는 길보다 험난하게 느껴지기에 너는 여전한 의기소침 속에서 바다를 보고 듣는다. 뒤섞이는 물과 빛을 헤치며 둥둥 떠 있는 몇 개의 머리들이 멀리서 즐거운 비명을 질러대고 있다.

너는 네가 나고 자란 도시를 탓하고 싶다. 실외에서

가능한 물과의 접촉은 장마철 갈색으로 범람하는 골목의 빗물에 발등을 적시거나, 공원 분수대로부터 솟구쳐 흩뿌려지는 물의 조각들에 머리통을 내어주는 경험 정도가 전부인 일상 속에서 언제 어떻게 물을 배울 수 있었겠는가? 서울에서 물속과 가장 닮은 공간이라면 성당의 예배당일 것이다. 스테인드글라스를 통과한 빛들이 허공을 탁하게 메우는, 알아들을 수 없게 뭉개진 성가가 공명중인 장소. 그러나 너에게는 종교가 없다. 신의 가호가 몸을 감싸듯 빈틈없이 달라붙는 액체의 연한 집요함이 어떤 것인지 짐작할 수 없다. 네가 한 번도 수영을 해보지 않은 것은 아니다. 열 살 즈음 몇 달 정도 문화센터 수영장에 다닌 적이 있다. 그러나 배운 동작은 곧장 잊어버렸다. 몸으로 익힌 것은 죽을 때까지 잊히지 않는다는 세간의 속설이 무색하게, 일 년 뒤 다시 수영장을 찾았을 때 너는 아무리 노력해도 뜨지 않는 몸을 키만큼 물이 차 있는 수영장 내부에서 간수하느라 적잖이 당황하고 있었다. 어쩌면 너무 많은 노력이 문제였을까? 물은 부자연스러운 의지에 대한 모종의 척력을 품고 있는 것일까? 몸에 힘을 빼면 떠오른다고 했는데 힘을 뺀다는 것이 도대체 어떤 의미인지 너는 이해할 수 없었다. 몇 달간의 수영 강습은 모두 꿈속의 일이었을까? 자유형을 마스터하고 배영으로 트랙의 끝에 도달하여 뿌듯했던 기억은 대체 뭐였을까? 수영의 방식은 너에게서 이상하리만큼 모조리 지워져 있었다.

처음 수영이 가능했던 순간이 생각나지 않는다. 도대체 어떻게 물위로 떠올랐던 것인가? 겁 없이 머리를 담그고 팔과 다리와 몸의 국소 근육들을 움직여 앞으로 나아가는 방법에 대해 너는 이제 조금도 아는 바가 없다. 호텔 수영장이나 목욕탕의 냉탕처럼 수영을 위해 마련된 물, 혹은 계곡, 호수, 바다에 몇 번쯤 들어갔었다. 멀리서 볼 때 물은 땅과 같이 단단해 보인다. 그러나 다가가 발을 담그면 물은 쉽게 열렸다. 너는 몇 번이고 떠 있어보려고 했다. 물의 열림을 방어해보려 했다. 매번 잘 되지 않았다. 너보다 즉흥적이고 열정적인 너의 친구들이 아무렇지 않게 뛰어들어 아무렇지 않게 떠오르는 그곳에서 너는 기껏해야 허리 정도를 담근 채 서 있거나 모래 위에 앉아 있어야 했다. 다른 사람들이 곧잘 하는 일들이 너에게는 언제나 쉽지 않다는 감각. 언제나 실체적인 물보다 추상적인 하늘 쪽에 몸을 더 많이 내밀며 살아가야 할 것 같다는 예감. 바다 앞에서 너의 리듬은 끊어졌다. 자연에 대한 그리움을 해갈하기 위해 도착한 장소에서 매번 다른 종류의 그리움과 일정 분량의 슬픔을 느껴야 했다. 배우면 되잖아. 네가 너의 아쉬움을 토로하자 역시나 아무렇지 않게 조언하던 친구 앞에서 어깨를 으쓱했다. 이미 한 번의 실패를 겪어보았다. 다시 배운다고 한들 과연 수영이라는 행위가 네 뼈에 안착할 수 있을지 너는 의문이었다.

수영을 할 수 있다면, 물의 연속적인 흐름에 냉큼 끼어들 수 있다면 얼마나 좋을까. 너는 눈앞의 바다를 바라본다. 땅 위의 리듬과 다른 리듬을 몸에 새긴 뒤 그것을 바다 안에서 풀어낼 수 있다면. 몸의 리듬은 매 순간 변경되지만 언제나 육지의 시간에 탑승해 있다. 이 일상의 시간으로부터 빗겨나 과거와 미래를 조금씩 앞뒤로 늘이거나 줄일 수 있는 장소라면…… 역시 물속뿐이다. 가스통 바슐라르는 『물과 꿈』에서 "물은 이미지를 결집시키고 실체들을 용해하면서 탈객체화 작업, 동화 작업을 수행하는 상상력을 돕는다. 또한 물은 통사의 유형, 이미지들의 지속적인 연관, 이미지들의 감미로운 움직임을 가져다주어 대상들에 묶여 있는 몽상을 해방한다"●라고 적은 바 있다. 사실 너는 물에 대해 그렇게까지 생각하지는 않는다. 바슐라르의 글은 네 인식의 테두리보다 언제나 약간 과잉되어 있다는 느낌이 있다. 다만 물을 닮은 감미로운 움직임이라면 네가 갖거나 하지 못하기에 더욱 실감하고 있는 것이다. 물의 움직임 때문에 물은 언제나 변화하는 이미지가 된다. 차갑거나 뜨거운, 온도가 있는 공간인 동시에 방향과 모양을 가진 움직임으로서의 물. 부드러운 양수 속에서 너는 태어남을 예감했을까? 조만간 너를 둘러싼 모든 물의 자리에 단단한 땅

● 가스통 바슐라르, 『물과 꿈─질료에 관한 상상력 시론』, 김병욱 옮김, 이학사, 2020, 26쪽.

과 만질 수 없는 공기가 들어차게 될 것임을 알 수 있었을까? 탄생 이전에는 총체적 공간이었던 물이 태어난 이후에는 찾아가야 만날 수 있는 먼 곳의 장소로 변화할 것임을, 네게 주어진 물의 단위가 느닷없이 변경될 것임을 미리 알고 있었다면, 그곳에서 시공간이란 너에게 어떤 감각으로 주어지는 것이었을까?

걷는다. 멈춘다. 물은 허공을 향해 경쾌하게 증발하고 있다. 물이었던 상태를 벗어나게 하는 리듬이 있다. 물은 지속된다. 멈춘다. 그러나 눈에 보이지 않는다. 걸음의 리듬이 모래 위에 발자국으로 남는다. 악보처럼, 어느 구간에서는 서로 멀리 떨어져 있고 어느 구간에서는 좁은 간격을 통해 망설임의 순간을 드러내고 있다. 너는 뒤돌아 네가 서 있는 곳까지 이어진 발자국들을 본다. 네 걸음의 리듬이 기입된 모양을 확인한다. 탁상 달력의 칸칸이 나누어진 공간 위에 날들이 기입되듯이, 리듬이라는 것은 무척 막연하지만 이렇게 눈에 보이는 그림이 될 때면 반가운 마음이 든다. 여러 사람과 함께 걸었다고 해도 무엇이 누구의 발자국인지 알아볼 수 있었을 것 같다. 가까운 사람이라면 그들의 리듬에 대해 너도 조금은 알고 있기 때문에. 타인의 리듬은 언제나 내 것보다 쉽게 포착되기 때문에. 르페브르가 리듬에 대해 했던 멋진 말들이 있다. "리듬의 경우, 삶 속에 이미 주어진다. 리듬은 몸이 반응을 하는 순간 쉽게 포착된다. 그러나 리듬을 만들어내는 것은 어렵다."• "리듬은 체험된 것에 포함된다. 그러나 그 말이 곧 리듬이 알려진 것이라는 뜻은 아니다."••

이 해변은 너무 넓어서 바람이 불어오는 왼쪽을 과거, 바람이 떠나가는 오른쪽을 미래라고 불러볼 수도 있을 것만 같다. 이런 식으로 시간을 공간에 비유해본다. 비유가 한 대상을 다른 관념을 설명하기 위한 수단으로 동원하는 일이 아니라 두 대상 간의 유사성을 발굴함으로써 새로운 연결을 만들어내는 행위로 기능할 수 있다면. 두

• 앙리 르페브르, 『리듬분석』, 정기헌 옮김, 갈무리, 2013, 210쪽.
•• 같은 책, 188쪽.

개의 단어를 비슷하게 생긴 두 개의 사물처럼 다루고 바라볼 수 있다면. 그러한 단어들을 자세히 들여다보는 일이 너의 일이라면. 시간과 공간의 닮음 속에 네가 서 있다. 해변의 왼편과 오른편으로 비유되고 있는 과거와 미래 역시 이곳에서는 서로 꽤 닮아 있는 것처럼 보인다.

　시 번역가인 너의 영어 선생님은 말했다. 한국 시인들은 시에서 시제를 엄격하게 사용하지 않더라고요. 과거형과 현재형을 뒤섞어요. 그 말인즉슨 한국어에서 과거와 현재는 영어권에서처럼 엄격한 분류에 의한 것이 아니며 한국인들은 과거 어쩌면 미래 역시도 현재와 매우 밀접하거나 잘 분리되지 않는 대상으로 감각한다는 것, 그러므로 과거 현재 미래, 그들은 하나까지는 아니지만 서로 붙어다니는 세 사람 같은 존재이고 한국어로 글쓰는 자는 어깨동무하고 있는 세 명의 윤곽을 멀리서, 아주 흐릿하게만 볼 수 있다는 뜻이다. 그들은 구획되지 않는 하나의 덩어리처럼 보인다. 따라서 그들의 그림자를 받아 적으면서도 각각의 이름을 적시하지 않을 수 있다. 한국어의 느슨한 울타리가 시간을 익명의 언덕에 풀어버린다. 그림자 안쪽에서 나와 너와 그가 명확히 구별되지 않는 자유. 과거 현재 미래를 하나로 반죽해버리는 근사한 언어. 네가 한국어를 좋아한다고 말할 수 있다면 아마도 이러한 측면에서 연유한 것이리라.

어느 시를 퇴고하며 너는 문장의 시제가 통일되어 있지 않다는 사실을 깨닫고 모두 현재 시제로 교정하였는데, 그 순간 시가 죽어버리는 경험을 한 적 있다. 너는 황급히 원래의 문장으로 복원하였지만 그 과정 속에서 시는 조금 상처 입은 것처럼 보였다. 이리저리 시제를 옮겨다니는 운동을 하며 여러 시간 속에 자유롭게 혼재하던 시는 그러지 말라는 꾸중을 들은 것처럼 주눅들어버렸다. 과거 현재 미래라는 구획의 엄격함이 통제하지 못하는 개별 시제만의 리듬과 뉘앙스가 존재하기에 그것을 가끔은 섞어두어야 한다는 사실을, 한국어로 시를 쓰는 모두가 논리적으로든 감각적으로든 알고 있을 것이다. 그렇기에 한국 시라는 장르에서 시간은 이리저리 몸을 펼쳐볼 수 있는 공간을 누린다.

걷는다. 멈춘다. 이 글은 2인칭으로 쓰였다. 과거의 분량을 넓히면 너는 하나의 세포가 되었다가 세포 이전의 미립자로서 세계 어디에나 분포해 있다. 과거의 넓이 안에서 나는 더이상 나의 몸으로 엮여 있는 내가 아니라 여기저기에 흩어져 있는 너나 그나 그들이 되어버리기에 글의 시간이 넓어질수록 인칭의 변화는 자연스럽다. 너의 죽음이 포함된 넓은 미래 역시 마찬가지로 너를 너로부터 벗어나 세계 곳곳에 녹아들게 한다. 그렇게 모든 나는 모든 너를 들여보낼 수 있을 만큼 열린다. 현재가 과거와 미래 모두와 한몸이라면, 지금 당장 나를 너라고 쓴다 한들 무엇이 달라지겠는가? 달라지는 것은 오직 쓰는 사람의 기분뿐이다. 그러나 기분은 사실 모든 것이며 그렇게 나는 너를 너라고 부르게 된다. 이 산뜻한 기분. 내가 사라지고 너만 남은 기쁨의 가장자리에서 이 글은 쓰인다.

집―픽션

꽃들은 피딱지처럼 여기저기에 얹혀 있다. 그 위를 구르는 빛이 있다. 빛이 있다. 빛은 조각나 있고 조각난 것들의 이름 역시 모두 빛이다. 이름은 느슨하다. 이름은 테두리 없이 흘러내린다. 테두리가 분별되지 않는 빛 조각들이 서로 뭉쳤다 흩어지며 피딱지들의 표면을 표백하고 있다. 행인들에게 꽃들은 일시적으로 백발의 형상처럼 보인다. 바람이 불면, 꽃과 꽃과 꽃은 단체로 머리를 기울이는 노인의 모습이 된다. 지나친 밝음은 금세 꽃잎을 떠나고 빛은 적당한 농도를 돌려받는다. 꽃들은 색채를 돌려받는다. 색채는 밝음만큼 오래된 노인이다. 포유류들이 늙어갈수록 빛에 가까운 흰색 털을 갖게 된다는 사실은 언제나 기이하다. 모든 움직임이 움직임을 회복하고 있다.

고개를 들면 인간과 무관하게 흘러가는 듯 보이는 구름이 있다. 흰색과 회색 사이의 스펙트럼이 구름에 입체감을 부여하고 있다. 우리는 구름의 모양에서 익숙한 것들을 끄집어낼 수 있다. 저건 토끼. 이건 고래. 어떤 것은 숨. 어떤 것은 공. 낯익은 윤곽들의 바깥으로 구름의 나머지는 밀려난다. 바람은 구름의 껍질을 벗기며 서서히 이동하고 있다. 토끼 고래 숨 공 모두 서쪽으로. 서쪽은 토끼 고래 숨 공을 위한 시간이다. 구름이 살점으로 흩어져도 토끼 고래 숨 공은 서쪽 나라에서 놀고 있다. 토끼 고래 숨 공의 잔상이 네 개의 눈동자 속으로 가라앉는다. 눈동자 내부가 하나의 공간이라면, 그곳에서 서쪽과 동쪽이 유별하다면 해가 지는 쪽으로 잔상들도 지고 있을 것이다. 토끼 고래 숨 공. 토끼 고래 숨 공. 눈동자

뒤편으로 저물어가는, 토끼 고래 숨 공.

　벚꽃이 떨어진다. 동행의 속눈썹 한 올이 떨어진다.
일몰. 잔상들의 일몰. 해가 지고 있다. 벚꽃잎은 주황빛
을 머금고 역 이름이 각인된 현판 위에 내려앉는다. 속
눈썹은 보이지 않는다. 기차에서 내리는 우리의 피부도
주황빛을 머금는 중이다. 일몰의 파편들이 두 사람의 피
부 위를 구르며 떤다. 떨어진 동행의 속눈썹은 보이지 않
는다. 우리는 시계를 놓친다. 휴대폰이 모두 꺼져 있다.
(거짓말이다.) 이 글은 여행을 복기하며 쓰이고 있다. 여행
은 우리의 픽션이다. 문장은 이 픽션에 가담한다. 문장마
다 문장의 시간이 있다. 모든 문장 시계의 분침을 왼쪽으
로 조금 돌려놓는다. 이제 우리는 픽션에 지각할 것이다.

　픽션의 시간을 꺼버리면 픽션은 여전히 픽션이다. 그
러나 픽션의 꺼진 시간은 픽션을 픽션 바깥으로 조금 밀
어낸다. 조금 밀려난 픽션 안에서 다시 시작하기—벚꽃
이 떨어졌다. 동행의 속눈썹 한 올이 떨어졌다. 벚꽃도

속눈썹도 어둠 속으로 사라졌다. 우리가 바빴기 때문에. 밤이 오기 전에 서둘러 숙소에 도착해야 했기 때문에. 각자의 캐리어와 캐리어 위에 얹힌 주황빛을 끌며 걸었다. 보도블록과 캐리어 바퀴 부딪치는 소리. 캐리어가 허공으로 잠시 튀어올랐다. 서쪽으로 걸어가는 우리의 그림자가 은색 철로를 이루는 원소 하나하나를 검게 적시며 따라오고 있었다. 역의 이름은 고즈(こうづ)였거나 고메(こうめ)였을 것이다. 어느 쪽이든 무관했다. 고즈와 고메 사이 어디쯤의 이름이거나 혹은 고고나 즈메였을지도 몰랐다. 역시 무관했다. 역 이름이 전광판 밖으로 흘러내리고 있었다. 무관함은 느껴지는 것이었다. 우리는 느끼며 역사를 빠져나왔다.

주황빛은 바람 부는 날 누군가 놓친 거대한 천처럼 바다 뒤편으로 펄럭이며 사라져갔다. 주황 천이 걷힌 자리는 짙은 파랑으로 금세 뒤덮였다. 토끼 고래 숨 공을 이동시키는 평면. 구름의 윤곽이 진해지고 있었다. 우리는 도착해야 했다. 파랑이 걷히기 전에 가자. 숙소는 커브를 두 개 돌면 있을 것이다. 첫번째 커브에서 동행은 빵집에 들렀다. 아리가토 고자이마스, 빵집 안에서 외치는 동행의 목소리가 빵집 바깥의 공기를 가늘게 진동시켰다. 동행의 손에 들린 빵은 한 개였고 손바닥만했다. 푸른빛이 빵과 동행의 손바닥 표면에 스미고 있었다. 파란 빵이 검은 빵이 되기 전에 가자. 수평선은 벌써 긴 실의 그림자처럼 검다. 왼쪽으로 보이는 풍경에서 옅은 파랑은 하늘의 역할을, 짙은 파랑은 바다의 역할을 했다. 보도블록과 캐리어 바퀴 부딪치는 소리. 규칙적인 충돌음이 하늘의 파랑을 조금씩 쪼개는 중이었다. 우리가 걷는 동안 서쪽에는 서쪽 바다가 있었다.

집과 집과 집을 지나 숙소 역시 집이었다. 우리가 한국에서 고른 작은 집이 이곳에 정말로 있었다. 있기로 한 것의 있음은 언제나 가벼운 충격을 주었다. 그러나 숙소의 주인은 상상보다 키가 컸다. 아리가토 고자이마스, 키를 전해받은 동행의 목소리가 다시 한번 공기를 진동시켰다. 집 사진에 빨대를 꽂은 뒤 누군가 세게 숨을 불어

넣은 것처럼 숙소는 입체였다. 숙소가 입체라는 사실에 나의 눈은 조금 놀랐지만 이처럼 작은 놀람은 티내지 않고 몸안에서 끝낼 수 있었다. 침착하게, 열쇠 구멍에 열쇠를 밀어넣고 왼쪽으로 돌렸다. 열쇠는 열쇠 구멍의 어둠 속에서 왼쪽으로 돌아갔다.

파란 하늘이 고여 있는 손잡이. 문을 열면 문은 열렸다. 몸이 있기에 공간에서 공간으로 부드럽게 이동할 수 있었다. 단단한 몸 두 개가 집안으로 들어섰다. 문을 닫으면 문은 닫혔다. 문은 닫히는 동안 바닥을 끌었고 작은 마찰음이 집안에 갇혔다 서서히 풀려났다. 부엌 오른쪽 벽에 자전거 두 대가 걸려 있었다. 원래의 계획은 이곳에 오면 자전거를 타고 해안도로를 달리는 것이었다. 우리가 탄 비행기는 바닷바람이 흩뜨리는 머리카락들, 신발 밑창으로 전해지는 페달의 무게, 조금 끈적한 핸들의 촉감에 대한 상상을 함께 이곳으로 운반했다. 선과 원으로 이루어진 가느다란 자전거들. 벽에 걸려 있는 모습이 살과 근육을 상실한 뼈처럼 보였다. 입체가 아닌 것 같았다. 선과 원. 선과 원. 지표면 위에서 빠르게 굴러가는 원 두 개와 그 위에 얹혀 있는 선들. 선과 원을 타고 가는 단단한 몸 두 개와 그 위로 떨어지는 벚꽃잎들. 입체와 뒤섞이는 평면. 그러나 우리가 타기에 자전거들 역시 상상보다 키가 컸다.

집은 낡아 있었다. 부엌은 더욱 낡아 있었다. 나무로 만들어진 찬장의 표면에는 흠집 없는 부분이 없었다. 대문의 수없는 열림과 닫힘. 열쇠들의 수없는 회전. 수없이 재생되었을 문과 바닥 사이의 마찰음. 이곳에 묵기 위해 찾아온 손님들의 단단한 몸들이 집의 내부와 다채로운 방식으로 부딪칠 때마다 얕은 생채기들이 생겨났을 것이다. 흉터들은 이 집에서 생성되었을 반복의 양상들을 암시하고 있었다. 흠집이 생겨나던 순간들의 목록을 집은 간직하고 있을까. 집에서 벌어진 작은 사건들을 벽에 붙여둔 여러 개의 사진들처럼 공간 속에 배치해 한꺼번에 바라볼 수 있다면…… 집의 낡음 덕분에 시간은 넓어지고 있었다. 팔뚝을 감싸고 있는 나의 피부를 내려다보았다. 내 몸에도 문이 있다면 그 역시 숱하게 열렸다 닫혀왔을 것이다. 열쇠 구멍이 있다면 그 역시 숱하게 다른 열쇠들에 의해 찔려왔을 것이다. 문은 열리는 동안 마음의 바닥을 끌며 어떤 마찰음을 내었을 것이고, 그렇게 생겨난 생채기들을 바라보는 손님들이 있었을 것이다. 공간 벽면에 거즈와 라텍스를 붙였다 떼어내는 하이디 부허의 스키닝(skinning) 작업은 오직 공간만이 공간에서 있었던 일들을 온전히 간직하고 있으리라는 믿음에서 시작되었다. 공간의 기억이 보존된 채 떼어내진 벽면의 피막은 인간의 피부처럼 시간이 지남에 따라 주름지며 색이 바래는 방식으로 낡는다.

부엌과 거실을 지나. 차가운 바닥을 밟으며 집의 낡음을 통과하면 바다가 보이는 테라스에 도착할 수 있었다. 테라스의 바닥을 이루는 나무 데크에서 삐걱거리는 소리가 났다. 슬리퍼를 신고. 고가 도로가 보였다. 고가 도로 너머에 바다가 보였다. 바다는 조금도 낡지 않았다. 바다는 육지가 낡아가는 동안 여전히 바다였다. 파도는 낡음의 개념을 지우면서 해변으로 밀려왔다. 바다는 우리가 상정한 결말 너머에서도 여전히 바다일 것이었다. 바다에서 과거는 미래와 섞여 있는 듯했다. 바다를 바라보는 동행의 뒷모습이 하늘과 뒤섞이고 있었다. 바람이 머리카락을 갈래갈래 휘감았다. 그리고 아직 파란 하늘. 점차로 짙어지는 푸른빛이 나를 돌아보는 동행의 얼굴 위에서 흘러다녔다. 도착했구나. 이제 곧 어둠이 이 집으로부터 하늘과 바다를, 동행의 얼굴을 가릴 것이다.

　담배에 불을 붙였다. 내일 아침 바다 너머로 해가 떠오른다면 해는 여기에서 이 담뱃불 정도의 크기로 보일 것이다. 재는 떠올랐다가 가라앉았다. 연기가 하늘의 어둠 속에 갇혔다 서서히 풀려나고 있었다. 버지니아 울프는 소설 『파도』의 도입부에서 일출 장면을 묘사했다. "태양은 아직 떠오르지 않았다. 바다는 하늘과 구분이 되지 않았다. 바다에는 마치 헝겊에 주름이 잡힌 듯 약간 접힌 자국이 있을 뿐이었다."* 바다의 접힌 자국이라는 표현은 읽는 사람의 몸에 새겨질 만한 것이었다. 덕분에 나는 일몰의 바다 앞에서도 바다의 접힌 자국을 찾았다. 저것이 맞을까, 아마도 저것일까, 바다의 접힌 자국이라는 말이 백 년 전의 울프와 나를 연결하고 있구나.

차 소리와 파도 소리가 어둠과 함께 밀려오고 있었다. 차 소리와 파도 소리는 벽이나 지붕처럼 이 집의 주요한 구성물인 것 같았다. 담뱃불은 꺼지고 거리에 하나둘 등불이 켜지고 있었다. 등불이 어둠을 밝힌다기보다, 등불 역시 어둠을 이루는 구성물처럼 보였다.

어둠과 등불 사이에서 며칠 밤을 잤다. 아침에는 동행이 사온 빵을 먹었다. 나는 나의 나라로 돌아왔다. 꿈을 열기 위해서 눈꺼풀을 닫듯이. 집을 보기 위해, 집을 말하기 위해, 나는 눈을 감으며.

● 버지니아 울프, 『파도』, 박희진 옮김, 솔출판사, 2022, 9쪽.

돌―글

돌을 본다.

　돌은 보인다. 보이는 만큼 명료하다. 빛에 의해 드러난 돌의 형태가 한 사람의 눈동자 표면에 맺힌다. 반영에는 무게가 없지만 사람의 눈은 조금 피로해진다. 돌을 볼 때 돌이라는 언표가 그의 머릿속에서 외쳐진다. 돌의 내부에서 무엇이 외쳐지는지 사람은 모른다. 사람과 돌의 몸을 경유해 광물의 역사와 인류의 역사가 마주친다. 사람의 시선에서 돌은 스스로 움직이지 않는다. 그러나 돌을 뜻하는 영어 단어 'rock'은 동사일 때 움직인다는 의미를 포함한다. 돌은 제자리에 있지만 사람의 마음이 움직인다. 마음이 움직여서 돌이라는 말이 생겨났다. 그러나 그 말은 언제나 돌이라는 물질과 어긋난다. 돌은 너무나 비인간적이어서 인간에게 포획되지 않는다. 인간은 돌을 줍고 만지고 돌에 기대거나 돌을 깎아 형체를 만들어냈다. 그리고 돌에 대해 썼다. 셀 수 없이 많은 글을 썼다. 나는 다음과 같은 문장들을 떠올릴 수 있다.

골목길은 돌들의 장방형에 간혀 발버둥친다.[*]

이 시는 땅 위에 깔려 있는 돌들에 관한 것이다.[**]

돌. 내가 따라갔던 공중의 돌. 돌처럼 멀어버린 너의 눈.[***]

마법의 돌! 게다가 이 돌은 공기와 물로 폭발할 것 같

[*] 에드몽 자베스, 「부재자의 책」, 『질문의 책』, 이주환 옮김, 한길사, 2022, 169쪽.
[**] 이오시프 브로드스키, 「땅 위의 돌들」, 『땅 위의 돌들』, 김진영 옮김, 정우사, 1996, 197쪽.
[***] 파울 첼란, 「꽃」, 『죽음의 푸가』, 전영애 옮김, 민음사, 2011, 18쪽.

은 향기로운 포도송이를 만든다*

   돌은 길의 아무데서나 출몰하듯 글 속에 나타난다. 돌의 표상이 등장하는 수많은 문장들의 틈바구니에서 간신히 고개를 내밀며 이 글은 시작된다. '돌'이라는 단어가 한 번도 나오지 않는 시집이 있을까? 어느 미술관의 어느 전시에 가도 두 번에 한 번쯤은 돌이 보인다. 영화 〈에브리씽 에브리웨어 올 앳 원스〉(2022)의 가장 유명한 장면 중 하나는 돌끼리 대화를 나누는 'rock scene'이다. 시의 경우에 돌은 돌이라는 말로서 등장한다. 내가 아는 어떤 시인은 "시에 돌이 등장하면 일단 그 시는 좋아하고 본다"라고 말한 적 있다. 나는 '돌과 입맞춤'이라는 제목의 장시를 쓴 적 있고 이 시에는 돌이라는 단어가 무려 서른두 번 등장한다.** (세어보고 나도 깜짝 놀랐다……)

---

* 프랑시스 퐁주, 『비누』, 이준우 옮김, 읻다, 2021, 23쪽.
** 시집 『세트장』(문학과지성사, 2022)에 수록되어 있다.

"돌들은 지난 몇 년간 식물과 균류, 인간과 동물만큼이나 미술 전시에 빈번하게 출현했는데, 불려나온 이유는 제각각이었지만 모두 해석을 회피하는 모호한 얼룩처럼 공간을 점유하고 있었다"*는 최근의 지적에서 '모호한 얼룩'이라는 표현은 도드라진다. 돌은 자신이 돋아난 땅으로부터 절삭되어 지표면과 구별되는 하나의 사물로서 도래하고, 모든 암석은 풍화를 통해 원래 자신이 있던 땅으로 되돌아간다. 돌은 지구라는 행성의 시간을 내포하지만 동시에 독립적인 개체로서 하나의 생애 주기를 지닌다. 돌이 공간을 점유할 때, 전시장이라는 물리적 공간에서든 문장이라는 텍스트 공간에서든 돌이라는 사물-표상이 주체적으로 해석을 회피하는 것이 아니라 돌 앞에서 반자동적으로 해석이 회피되는 것이다. 돌은 맥락을 강화하거나 드러내기보다 개별적인 맥락들을 뭉치거나 유예하는 역할을 수행하는 방식으로 작품에 도입된다. 돌을 통해 '해석의 회피'라는 의도가 공간에 반

• 윤원화, 『껍질 이야기, 또는 미술의 불완전함에 관하여』, 미디어버스, 2022, 169쪽.

영된다. 그곳에서 돌은 잘 해소되지 않기에 '모호한 얼룩'처럼 보인다. 이우환 화백은 "돌은 그 크기나 종류와 상관없이, 특히 오랜 시간 거기에 있었고 비바람에 시달려온 것일수록, 어딘지 모르게 인간을 넘어선 포착하기 어려운 존재감에 싸여 있다. 특별히 신비하다 할 것도 없고 그 성분 요소를 다 분석할 수 있음에도 불구하고 물질이라는 단어로 고정하기 어려운, 뭔가 살아 있는 존재 같은 느낌이 든다. 요컨대 돌은 자연이지, 의식의 한정에 의해 출현된 닫혀진 응고물이 아니다"•라고 썼다. 돌과 철판, 두 가지의 질료만으로 이루어진 그의 작품들을 떠올린다. 나는 이처럼 모호한 얼룩을 품은, 다음과 같은 한국어 문장들을 기억할 수 있다.

나는 판단 이전에 앉는다. 이리하여 돌은 노래한다.••
커다란 하나의 돌이 파묻힐 때, 물들은 몸부림칩니다.•••

• 이우환, 『여백의 예술』, 김춘미 옮김, 현대문학, 2002, 179쪽.
•• 김구용, 「풍미」, 『풍미』, 솔출판사, 2014, 20쪽.
••• 이승훈, 「암호」, 『이승훈 시전집』, 황금알, 2012, 67쪽.

주워온 조약돌 하나를 꺼내어 마주했다 돌이 말을 할 때까지•

사는 건 사는 게 아니라던 돌 같은 말••

인파에 깔린 모르는 돌은 허공에 켜져 우리의 눈을 밝혔다•••

빨간 시냇물 아래 얼굴을 내비치는 빨간 조약돌들의 잔잔한 웃음이••••

조개 하나 뒤집으면 빨간 돌•••••

위 문장들에 등장하는 모든 돌은 서로 다른 돌이다. 돌에 대한 수많은 문장의 존재가 '포획될 수 없음'이라는 돌의 속성을 부드럽게 드러낸다. 글 안에서 돌은 거의 무한히 증식한다. 노래하는 돌, 커다란 하나의 돌, 주워 온 조약돌, 던져지는 돌, 흰 돌, 검은 돌, 말의 비유로서의

• 김소연, 「돌이 말할 때까지」, 『i에게』, 아침달, 2018, 55쪽.
•• 송승언, 「죽고 싶다는 타령」, 『사랑과 교육』, 민음사, 2019, 43쪽.
••• 장수양, 「휴일」, 『손을 잡으면 눈이 녹아』, 문학동네, 2021, 64쪽.
•••• 문보영, 「빨간시냇물원숭이」, 『책기둥』, 민음사, 2017, 82쪽.
••••• 김유림, 「해송 숲」, 『양방향』, 민음사, 2019, 22쪽.

돌, 허공에 켜지는 돌, 웃는 돌, 빨간 돌……

　돌이 너무 많아서 돌이 보이지 않는다.

　돌을 보기 위해 공간을 지을까. 그곳은 나의 머릿속 공간이다. 그러나 내 몸이 지나온 공간으로 이루어져 있기에 과거의 공간이라 부를 수 있고 동시에 이 글을 읽는 사람들에게는 글을 통해 도달할 예정인, 글자로 주어지는 미래의 공간이다. 과거와 미래가 함께 있다는 사실은 하나의 공간에 대해 곰곰이 생각해볼 시간이 있다면 어렵지 않게 이해되는 명제다. 그러나 상상이 공간을 지어올리는 것이 아니라 공간이 상상을 급습한다. 공간은 상상이 찢어진 자리에 흉터처럼 생겨난다. 그곳은 운하 옆에 위치한 백 년쯤 된 호텔이다. 이 호텔을 백년호텔이라고 부르자.

　'운하'라는 단어는 '은하'와 닮아 있어서 그 이름이 공간에 우주적인 신비감을 더한다. 운하를 발음하며 나는 교과서에서 보았던 흩뿌려진 설탕 같은 은하수의 이미지를 떠올리고 그것이 운하에 대한 나의 인상에 개입하여 운하는 아름답다는 편견을 만든다. 그러나 운하에서는 냄새가 난다. 운하의 냄새가 상상 속 은하의 별빛들을 모두 꺼버린다. 냄새를 무시하고 호텔은 지어진다. 십년호텔이나 일년호텔이라면 어려운 일이겠지만 백년호텔이라 가능하다. 백 년은 하나의 가능세계다. 나는 건축에 대해 아는 바가 없지만 건축물이 글과 마찬가지로 머릿속에서 먼저 시작된다는 사실은 안다. 백년호텔은 붉은 벽돌로 이루어져 있으며 입구에는 사물 같은 주차 요원이 서 있다. 백년호텔의 직원과 손님들은 정중하고 친절하다. 백년호텔의 숙박비는 비싸지 않지만 와이파이를 이용할 때 돈을 내야 한다. 백년호텔의 날씨는 흐리다. 이 건물의 어디쯤에 돌이 있을까. 고민하는 사이 호텔 앞에 카키색 배낭을 멘 내가 등장한다. 나는 직원과 목례를 나누고 걸어들어가 체크인한다. 카페테리아에서 크루아상 한 개와 마시지도 못하는 커피를 주문한다. 나는 카페인에 취약하다. 그 사실 때문에 커피를 상상하면 몸이 조금 떨린다. 음식을 기다리며 재생지로 만들어진 냅킨 위에 모나미 펜으로 적는다. 그것은 돌에 대한 글이다.

그러므로 이 글은 돌이 등장하기 전에 돌에 대한 글이 먼저 등장하는 글이다. 돌을 보기 위해 돌에 대한 글을 적는 상상에 관한 글이다. 상상 속 나는 백년호텔 카페테리아에 앉아 돌에 대해 쓴다. 돌을 보지 않고 쓴다. 어쩌면 나는 돌이 저지른 실수인가. 나무 테이블 앞에 앉아 돌을 떠올린다. 돌은 한 손에 쥘 수 있을 만큼 작다. 돌은 찌그러진 하트 모양이며 해변에서 주워 왔다. 나는 고개를 젓는다. 구체적인 돌을 버리자. 구체적인 돌은 돌에 대한 글을 앗아간다…… 나는 돌을 검고 희미한 하나의 덩어리, 세계의 모든 돌을 포함하는, 빛에 의해 모양과 깊이가 변하는 돌이라는 단어의 유동적인 그림자 정도로 상상한다. 백년호텔을 이루는 붉은 벽돌 역시 이 돌에 포함된다. 백년호텔을 향해 가는 동안 밟은 보도블록도 이 돌에 포함된다. 백년호텔과 무관한 언덕을 이루는 바위와 자갈도 이 돌에 포함된다. 열한 살의 내가 길을 가다 발로 찬 직경 오 센티미터 돌멩이도 이 돌에 포함된다. 모든 돌이 포함된 한 개의 돌에서부터 글을 시작하자.

돌의 성분은 시간과 공간이다.

돌은 지구에서 도려내어진 지구다.

돌은 모자이크 되어 있다.

우주는 사실 돌이며 나의 창밖을 가득 채운다.

딱딱한 풍경.

우리는 돌의 침입자들이다.

돌 속에 들어가기 위해서는 일단 죽어야 한다.

돌은 나의 죽음 이후에도 돌일 것이다.

우리는 돌과 함께 공룡을 만난다.

공룡 안녕?

어떤 사람들은 돌 위에 글을 쓰기도 했다.

돌로 된 벽에 그림을 그리기도 했다.

돌은 돌의 내부를 이루는 살과 돌의 표면을 이루는 피부로 이루어져 있다.

돌의 피부가 깎여나가도 내부의 살이 다시 피부의 역할을 할 수 있다.

돌 위에 쓰인 글은 돌의 내부와 연결되지 않는다.

돌은 계속 갱신된다.

돌은 원래 인간이었는데 인간은 원래 돌이었다.

돌은 그 자신 안에 품고 있는 너무 많은 시간 때문에 거의 공간이 된다.

나는 돌을 줍지만 내가 돌에 의해 주워진다.

노인과 아이가 친구가 되는 방식으로 나는 돌과 가까워진다.

돌은 퇴색하지 않는다.

우리는 돌의 가능성이다.

돌은 우리의 불가능성이다.

돌은 애매하다.

돌은 백지다.

돌은 점, 선, 면이다.

돌은 그래픽이다.

돌은 스크린이다.

달은 한 개의 돌이다.

……냅킨이 찢어지려 한다. 내 문장이 돌들을 뒤덮으려 한다. 나는 새 냅킨을 꺼내어 이번에는 내 기억 속의 돌들에 대해 적는다.

우리 할머니는 돌침대에서 잔다.

돌침대는 따뜻하고 딱딱하다.

제주도 수석 박물관에 갔을 때 비가 왔다.

돌하르방의 눈 속에 빗물이 고였다.

이모부는 수석을 모았다.

화가 나면 그중 하나를 던졌다.

이모부는 빛나는 돌과 같은 대머리다.

나는 동해의 돌과 서해의 돌이 어떻게 다른지 알지 못한다.

어떻게 같은지도 알지 못한다.

어떤 돌이 예쁜 돌인지 알지 못한다.

그러나 예쁜 돌은 주머니에 넣는다.

자갈을 가득 채운 화분 속에서 난초는 어떻게 살아남는가?

물속에 잠긴 돌을 보았다.

물이 돌을 쓰다듬고 지나갔다.

약수터에서는 물이 돌을 깎는다.

돌의 깎인 부분은 모두 어디로 갔을까?

콘크리트 위에 돌로 그림을 그릴 수 있다.

돌 아래로 흰색 선이 그어진다.

땅따먹기.

선이 그어짐에 따라 돌은 부드러워진다.

네모 칸 안으로 돌을 던진다.

아이들이 그 안으로 뛰어든다.

실내 암벽등반용 벽에는 표면이 부드럽고 동그란 돌들이 꽂혀 있다.

분홍색, 파란색, 주황색, 초록색 돌들.

그것을 손으로 쥐고 오르내리는 인간들의 등뼈.

돌이 자연과 인공을 연결한다.

우리집 로봇 청소기 이름은 선돌이다.

여기까지 적고 보니 나는 돌에 대해 아무것도 모르는 것 같다. 이 상상은 왜 하필 백년호텔이라는 공간을 배경으로 진행되는가? 공간은 사물을 품지만 어떤 사물은 공간보다 더 오래 지속되고 그것이 돌의 역할이기도 한 것 같다. 카를로 로벨리는 『시간은 흐르지 않는다』에 "세상은 사물들이 아닌 사건들의 총체이다. 사물과 사건의 차이는 '사물'은 시간 속에서 계속 존재하고, '사건'은 한정된 지속 기간을 갖는 것이다. '사물'의 전형은 돌이다. 내일 돌이 어디 있을 것인지 궁금해할 수 있다. 반면 입맞춤은 '사건'이다. 내일 입맞춤이라는 사건이 어디에서 일어날지 묻는 것은 의미가 없다. 세상은 돌이 아닌 이런 입맞춤들의 네트워크로 이루어진다"•고 썼다. 더 오랜 시간의 관점에서 돌 역시 하나의 사건이며, 돌의 존재 역시 한 번의 입맞춤이기에 돌의 네트워크는 입맞춤들의 네트워크와 다름없다고 말하고 있는 것 같다. 한 명의

• 카를로 로벨리, 『시간은 흐르지 않는다』, 이중원 옮김, 쌤앤파커스, 2019, 106쪽.

인간이 살아 있는 동안 한 개의 돌은 잘 부서지지 않는다. 그러나 식당용 냅킨은 쉽게 녹거나 찢기고 사라진다.

커피와 크루아상이 내 앞에 놓인다. 냅킨 위에서 검은 글자들이 득실거린다. 감사합니다, 나는 인사한다. 백년호텔은 백 년을 지나왔다. 나는 앞으로 백 년이 지나기 전에 죽는다. 앞으로의 백 년도, 지금까지의 백 년도 몸을 지닌 인간에게는 모두 상상의 시간이다. 죽음들이 뭉쳐 있는 공간으로서 돌에게 삶은 중요하고 또 중요하지 않다. 이곳의 커피는 맛있지만 내 몸은 카페인에 반응하여 떨린다. 살아 있다는 뜻이다. 돌은 살아 있나. 죽어 있다기에 돌 속에는 너무 많은 기억이 있다. 삶과 죽음이 모두 함유되어 있다. 다음 세기의 돌을 떠올릴 때 그 돌이 이번 세기의 돌과 똑같이 생겼다는 사실은 나를 안심시킨다. 서기 1992년생 인간이 139년생 돌과 함께 살았다는 사실. 돌을 발로 찰 때 나는 나라는 찰나를 체험한다. 나는 돌을 읽을 수 없다. 돌은 모르는 나라의 언어로 쓰인 글이며 시나리오고 역사책이다. 돌을 읽을 수 있다면 나는 돌에게 도입되어버리고 돌은 나를 가로질러 나의 죽음에 이를 것이다. 나의 묘지 앞에 비석은 세워진다. 이 땅 아래 내 뼈의 있음을 알리는 돌이다.

여기저기에 돌이 있다.

기억—(기억)

우리가 미래가 아니라 과거를 기억한다는
사실은 시간의 흐름이 아니라 시간의
비대칭성을 관측한다는 뜻이다.[●]

어떤 뒷모습이 열린다. 뒷모습이라는 평면이 위치한
몸의 나이는 여섯 살 혹은 일곱 살 정도로 미취학 아동
의 범주에 속한다. 위 문장에서 '열린다'라는 동사를 사
용한 이유는 주어 '어떤 뒷모습'이 나의 인식이라는 장소
에서 한 개의 문처럼 작동하기 때문이다. 이때 '어떤 뒷
모습'은 문이지만 일렁이는 문이며, 커튼과는 다르게 그
것을 걷어내는 손이 없고, 정지해 있을 때는 문이지만 열

● 사이언티픽 아메리칸 편집부 엮음, 『시간의 미궁』, 김일선 옮김, 한림출판사,
2016, 28쪽.

리는 순간 눈앞에 쇄도하는 내부 공간의 일부로 흡수된다는 특징을 가졌다. 뒷모습을 열어젖히며 한 개의 영상이 재생된다. 영상은 나의 인식에 각인된 시공간의 자국이지만 이것을 기억이라 명명할 수 있을지에 대한 확신은 없다.* 편의를 위해 이를 (기억)이라고 괄호 속에 넣어 부르기로 한다. 부드럽게 닫힌 괄호가 모호함과 임시성을 향한 세간의 차가운 잣대로부터 기억이라는 단어를 보호할 것이라는 믿음과 함께.

(기억)은 주머니 속에서 촬영 버튼이 잘못 눌린 스마트폰에 저장된, 의미 없이 검고 밝게 뒤척이는 영상에 비견될 만큼 러닝 타임이 짧다. 장면의 앞뒤를 연결하는 서사가 부재하며, 연속성을 지닌 영화나 다른 영상물의 중

• 동시에 나의 인식 속에서만 재생/정지되며, 장면을 이루는 대부분의 요소가 불명확한 이 장면들의 연속을 영상이라고 부를 수 있을지에 관한 의심이 함께 떠오른다. 표준국어대사전에 따르면 '영상'의 두번째 정의는 "머릿속에 그려지는 모습이나 광경"이므로 맥락상 적합한 듯하다. 그러나 이 글에서 나는 세번째 정의인 "영사막이나 브라운관, 모니터 따위에 비추어진 상"이라는 의미에서 '영상'이라는 단어를 사용했다. 그러나 양자 간의 개념적 상이함을 이 글에서 유의미하게 다룰 필요는 없을 것이다.

간에 삽입된다면 그 자체로 의미를 갖기보다 단순한 기계적 오류로 치부될 수 있을 만큼 무의미해 보인다. 이층집 마당으로 뛰어들어가는 아이의 뒷모습. 짧은 한 문장으로 요약 가능한 이 장면이 영상의 전부이기 때문이다. 그러나 다른 영상과 (기억) 간의 가장 명확한 차이는 '아이의 뒷모습'이라는 형상을 제외한 (기억)의 나머지 요소들이 대부분 비결정적이라는 데에 있다. 콘크리트 계단 위 대문의 모양, 골목의 풍경, 아이가 입은 티셔츠 색깔, 아이의 표정, 감정, 계절…… 이중 무엇도 결정되어 있지 않다. 뒷모습은 어느 날엔 보라색 티셔츠를 입고 있고 어느 날엔 아이보리색 니트를, 어느 날엔 느닷없이 야구 모자를 거꾸로 쓴다. (기억)을 떠올릴 때마다(아이의 뒷모습을 열어젖힐 때마다) 세부적인 요소들은 매번 조금씩 수정되고 이러한 변화의 총체가 (기억)을 구성한다. 현재의 내가 (기억)에 접속할 때 나는 자동기술법으로 쓰는 시처럼 장면의 모양을 떠오르는 대로 마구 상상해버린다. 이때 기억과 상상은 머릿속에 묻혀 있던 장면을 꺼내온다는 점에서 능동적이지만 동시에 그 구체성

앞에서 별수 없이 무력해지기에 수동적이다. '-하기'와 '-되기'를 오가며 기억과 상상은 서로가 서로를 얼마간 이루다 마침내 구별 불가능해진다.

(기억)과 영상의 또다른 차이는 (기억) 속 미취학 아동이 유년의 나라는 사실에 기인한다. 이층집은 내가 어린 시절 가족들과 함께 살았던 장소이며, 마당에는 대추나무 한 그루가 심겨 있었고, 나는 그곳에서 세발자전거를 타거나 곤충을 관찰하며 놀기를 좋아했다. 그 집의 대문과 골목은 모두 실재했다. 그렇다면 나의 뒷모습은? 거울상을 활용하지 않는다면 촬영중인 카메라가 영상에 출현할 방법은 없다. 당연하게도 이는 물리법칙에 위배된다. 그러나 나의 (기억)에서 아이는 분명한 뒷모습으로 기록되어 있어 나는 그것을 본 듯한 착각에 빠진다. 스스로의 뒷모습을 한 번도 본 적이 없다는 사실을 재차 상기한다면 기이한 일이다. 아기 얼굴의 인중이 천사가 만지고 간 손자국이라 여기는 흔하고 아름다운 종교적 은유처럼, 시공간의 손이 사람의 인식을 어루만지고 간

흔적을 기억이라 여길 수 있다면, 그것이 갓 패어진 순간에 (기억) 속 아이는 어쩌면 뒷모습의 형상이 아니었을 수 있다. 아이의 모습 자체가 (기억) 안에 부재했을 것이다. 왜냐하면…… 내 눈이 나를 보지 않았으니까.

초기의 (기억)은 내가 보았던 것, 마당의 풍경과 대추나무와 대문의 열리는 몸짓 등으로 이루어져 있었으나 시간이 흐르며 (기억)의 표면 위로 나의 몸이 스케치되었을 것이다. 그렇게 뒷모습은 서서히 (기억)의 장면 속에 내려앉게 된다. 마당을 바라보는 시선의 주체가 몸의 형태로 등장한 것이다. 편리한 가설을 세워보자면, 시각이 주된 감각인 (기억) 속에서 '보는 사람'이 존재한다는 느낌 자체를 나의 인식이 형상화한 것일지도 모른다. 온전히 보존된 순간의 감각 정보만으로 기억이 구성된다고 가정한다면 그것이 물리법칙을 능가하거나 외면하는 방식일 수는 없다. (기억)의 존재는 물리법칙과 무관하게 이루어지는 상상이 기억의 구성에 일조한다는 증거가 된다.

하필이면 이러한 방식의 착각이 촉발된 이유를 알 수 없다. 스스로의 뒷모습이 실제로 어떤 모양인지도 모르는 나에게 하필이면 뒷모습의 형태로 도래하는, (기억) 속 디테일의 짓궂은 형성 과정을 가늠하기란 불가능에 가까운 일이 될 것이다. 그러나 이러한 생각의 흐름이 모종의 불가지론으로 귀결되기 전 한 가지 의문이 좋아온다. (기억) 속 뒷모습이 후천적 상상으로 자아낸 허상이라면, 뒷모습 외 나머지 요소들, 마당의 풍경과 대추나무와 대문의 열리는 몸짓 등은 실재했다고 확신할 수 있는가? 어쩌면 나는 단 한 번도 그 집의 마당으로 뛰어들어간 적 없었던 것 아닐까?

이층집 마당으로 뛰어들어가는 아이의 뒷모습. (기억)은 나를 위해 아무것도 결정하거나 해명하지 않는다. 그곳은 주인 없는 방이다. 지금까지 나는 바쁜 일상으로부터 놓여난 공상의 순간마다 이 냉정하고 부드러운 뒷모습을 수없이 떠올렸다. 나의 머릿속에서 대부분 말소

되어버린 유년의 무수한 순간들 중 하필 (기억)이 가장 선명한 장면으로 남아 있는 이유는 무엇일까? (기억)은 앞뒤를 보강하는 내러티브도 없이 숱한 기억들 사이의 어느 독보적인 위치에서 나를 끌어당기며 계속해서 회상하게 했다. 스물 몇 해가 지나 기어이 이렇게 긴 글을 쓰도록 만든 짧은 (기억)이 지닌 인력의 원천이 무엇인지 나는 영원히 규명할 수 없을 것이다. 그것이 정말 있었던 일이었는지도. 다만 이 (기억)의 모호함과 임시성에 관해 기술하는 지금도 나는 내심 한 가지 사실을 확신하고 있는데, (기억)의 순간에 햇볕이 내리쬐고 있었으며 나의 등으로 내려앉는 그 빛의 온도가 너무나 따뜻했다는 것이다. 어떤 기억에서 촉각은 이미지를 고정시킨다. 글을 통해 (기억)이라는 이름으로 명명하기 전까지 나는 틈틈이 떠오르는 이 장면을 '빛이 쏟아지던 유년의 뒷모습 기억' 정도로 언어화하여 간직하고 있었다. 그러나 이 역시 해명되지 않는 (기억)의 모호함을 번지는 빛의 이미지와 간편하게 연결시킨 의식의 허약한 착각일지도 모른다. 의심은 끝도 없다……

재편성된 (기억)의 면면들은 현실의 파열적인 측면을 반영하는 것일까? 기억은 여기저기 구멍이 뚫려 있는 누더기의 형체로서 과거에서 미래로 존재가 이행함에 따라 확대되는 허술함 자체다. 기억이라는 누더기, 그것을 걸치고 나는 어디까지 왔나? 합리성에 선행하는 허술함은 불안의 형성과 해소 중 어느 쪽에 더 기여하는가? 우리가 우리로서 기억의 거처인 것이 아니라 기억이 우리의 구멍난 거처가 된다. 질문은 구멍들의 안팎을 오가며 팽창한다.

나의 뒷모습은 영원히 마당을 향해 달려가지만 그곳에 도착하지 않는다. 멈추거나 뒤돌아보지도 않는다. (기억)의 외부에 자신의 앞모습을 노출하지 않는다. 앞모습이란 원래 없었던 것처럼, 뒷모습만이 그 순간의 총체인 것처럼.

지금 나는 나의 (기억)을 바라본다. 글로 써내는 바람에 조금 딱딱해진 그것을. 적히거나 말해지는 방식으로 세상에 돌출되기 이전의 비결정적이고 아름다운 흔들림은 쓰이는 순간 경직된 채 고정되어버리고 다시는 이전의 진동 상태로 돌아갈 수 없도록 정립된다. 내가 어떤 것들에 관해서는 영영 쓰고 싶지 않은 동시에 글쓰기라는 행위를 온전히 좋아할 수만은 없는 이유이기도 하다. 나는 (기억)이 조금 안쓰럽다. (기억)은 곤경에 처해 있다. 괄호를 사용함으로써 (기억)을 보호하고자 했으나 (기억)의 말랑한 살은 이 글로 인해 이미 조금 공격받은 것 같다. 이층집 마당으로 뛰어들어가는 아이의 뒷모습. 나는 나의 상상 속으로 (기억)의 표상을 다시 불러온다. (기억)을 둘러싼 무수한 가능성들 중 몇 가지를 서사화하여 선물해본다.

(1) 아이는 여름방학이다. 아이는 이유 없이 기분이 좋았고 걸어들어가도 될 곳을 굳이 뛰어들어간다. 햇빛이 아이의 등뒤로 쏟아진다. 아이는 온기를 느낀다.

(2) 아이는 하교중이다. 그날 아침 아이의 엄마는 울고 있었다. 아이는 엄마의 슬픔을 빠르게 달래주고 싶었기에 전속력으로 달렸다. 군청색 대문이 열리는 소리. 그러나 엄마는 집에 없다.

(3) 아이는 배가 고파서 귀가하기로 했다. 그러나 대문은 잠겨 있다. 아이는 고민하다 대문의 아래쪽으로 손을 집어넣어 잠금을 푼다. 빨간 대문이 열리고 아이는 기쁘다. 열린 문틈으로 냉큼 뛰어들어간다. 그리고 또다시 햇빛.

(4) "선아야, 얼른 와!" 골목에서 놀던 아이는 엄마의 목소리를 듣는다. 그러나 무시하고 계속 논다. "선아야, 얼른 와!" "선아야, 얼른 와!" 엄마의 목소리가 두 번 더 반복되고 그것은 점차로 화가 나는 목소리다. 놀란 아이는 뛴다. 대문을 열어젖히고 마당에 들어선다.

(5) "오늘은 할머니가 오실 거야." 아침에 아이는 그 말

을 듣고 집을 나섰다. 아이는 할머니를 좋아한다. 마당으로 뛰어들어가자 그곳에는 할머니가 있다. 웃으며 아이를 반긴다. 아이는 묻는다. 할머니, 이거 다 꿈이에요?

에두아르 르베의 『자살』의 한 구절은 다음과 같다.

"사전은 소설보다 세상과 닮았는데, 세상은 행위의 일관적인 연속이 아니라 지각된 것들의 집합이기 때문이다. 우리는 세상을 관찰하고, 아무런 관련이 없는 사물들이 서로 모이고, 지리적인 근접성이 그들에게 의미를 부여한다. 사건들이 연속되면 우리는 그것이 이야기라고 생각한다. 하지만 사전에는 시간이 존재하지 않는다. 기역 니은 디귿은 니은 디귿 기역보다 더도 덜도 연대적이지 않다. 네 삶을 순서에 맞게 묘사하는 것은 무의미한 일일 것이다. 나는 너를 무작위로 기억한다. 주머니에서 구슬을 골라 꺼낼 때처럼, 내 머리는 예측 불가능한 세부 사항을 통해 너를 되살려낸다."[•]

● 에두아르 르베, 『자살』, 한국화 옮김, 워크룸프레스, 2023, 40쪽.

위 5번까지는 기억 속 세부 사항들이 서로 연대하여 만들어낸 이야기들이다. 나는 각각의 요소들을 (기억)의 구조 내에 마음대로 배치하고, 이 과정에서 발생하는 요소들 간의 지리적 근접성이 이러저러한 의미를 생성하는 모습을 본다. 1000번까지 이야기를 나열하다보면 그중 하나쯤은 (기억)의 사연과 정말로 맞아떨어질 수도 있겠지만 그 여부는 중요하지 않다. 나는 나의 선물이 거절당하기를 바란다. (기억) 장면의 전후는 해명되지 않음으로써 항구적 가능성으로 놓여나며 서사의 연속성으로부터 탈구된다. 영화 〈애프터썬〉(2023)에서 열한 살 소피는 서른한 살의 젊은 아빠 캘럼과 단둘이 중저가 리조트에서 며칠의 휴가를 보낸다. 소피의 엄마와 이혼한 캘럼은 소피에게 자신이 집을 구할 테니 와서 지낼 것을 제안하고, 소피는 자신의 방을 노란색으로 칠해도 되는지 묻는다. 이후 소피는 캘럼과 다툰 뒤 홀로 배회하던 밤, 바에서 원하는 음료를 모두 주문할 수 있는 노란 팔찌 모양의 자유이용권을 몇 살 위의 언니로부터 선물받는다. 성인이 된 소피의 기억-상상 복합체로 이루어진 영화의 내용에서 '노란 팔찌'라는 요소는 노란색을 좋아하던 소피가 자유이용권을 받고 기쁜 마음에 기억 속에서 왜곡한 색깔일지도 모른다는 사실을 암시한다. 그러나 영화에서 역시 자유이용권의 본래 색깔이 무엇이었는지는 중요하지 않다.

(기억)은 희미한 끈으로서 동떨어진 시공간과 현재를 연결하고 있다. 먼 훗날 백발이 된 나의 머릿속에서도 (기억)이 이러한 연결을 수행한다면, 불분명한 골목으로부터 불분명한 대문의 안쪽으로 뛰어들어가는, 키도 입은 옷도 불분명한 아이의 불분명한 뒷모습으로 구성된 이 (기억)은 내 신체의 죽음과 함께 소멸하게 되는 것일까? 어딘가에서 *이층집 마당으로 뛰어들어가는 아이의 뒷모습*이 영원히 재생되고 있다.

이 글은 기억이라는 대상을 보편적 인식 속에서 재정위하거나 기억과 승산 없는 싸움을 시작하려는 의도에서 쓰인 것이 아니며, 다만 글쓰기를 통해 오랜 시간 나의 의식을 빈번하게 끌어당겨온 '나의 뒷모습'이라는 이 상한 평면의 질감을 보다 풍부하게 감각하고자 하는 탐구의 시도에 가깝다. 나라는 신체에 입력된 왜곡된 이미지로서 (기억)의 기묘한 질감을 쓰다듬어보는 일은 이 짧은 장면뿐 아니라 삶 전체의 해명 불가능성에 대한 소소한 납득의 제스처이기도 하기 때문이다.

지금 내 눈앞에 놓인 것들—하늘색 벽지, 네모난 형광등, 책장 속의 출판사별 시인선, 침대 위의 내가 뻗은 두 맨발과 누워서 노트북을 두드리는 열 손가락을 의심스럽게 그리고 조금 그리운 마음으로 쳐다본다. 현재의 어떤 장면이 (기억)과 유사한 방식으로, 그처럼 분열적인 시선으로 구성된 또다른 기억의 형태로 환원된다면, 더 많은 시간이 흐른 뒤 그것을 괄호 네 개가 붙은 ((기억))이라 부르며 보다 강도 높은 보호와 함께 간직하게 될지도 모르겠다고 생각하면서.

잠—이동

    지난겨울 여수에 다녀왔다. 여행은 아니었고 일 때문이었지만 여행이라고 생각했다. 여행은 곧잘 만들어졌다. 떠나온 곳과 향하는 곳이 있기만 하다면…… 이동과 여행 사이의 위계는 세상의 수없는 위계들에 비하면다소 쉽게 무화되는 희미한 것이었다. 향하는 곳이 편의점이든 할머니 집이든 콩코르드광장이든 살아 있음이두 발을 이끌어 도착하게 되는 곳, 그곳으로 가는 동안이 여행일 수 있었다. 출근이든 출장이든 어떤 이동이든간에 대책 없이 여행이라 생각해버림으로써 여행으로 만들어버리는 이러한 변위가 나에게만 유독 쉬운 것이라면, 이동을 여행으로 삼기, 그것은 어쩌면 나의 특기일지도 모른다. 산책길에 지나친 작은 공터를 유적지처럼 여기는 일이 그리 어렵지 않다.

나는 특기가 별로 없고 내가 못하는 것에 대해서라면 한없이 말할 수 있다. 요리, 수영, 그림 그리기, 계획 세우고 지키기…… 못한다고 말하기란 대상에 대해 능숙해질 이유나 필요를 소거하는 행위로서 스스로에게든 타인에게든 부리는 일종의 엄살이기도 하지만, 못한다고 말하는 순간 잘할 필요가 전혀 없어지는 자유, 작지만 선명한 자유가 생성되고 나는 그 소박한 감각의 환기가 좋아 자주 말한다. "저는 못합니다."

내가 또 못하는 것. 그것은 잠이다. 잠을 자기, 잠에 들기, 능동이든 수동이든 잠과 관련한 행위에 관해서라면 대체로 취약하다. 몇 년 전 불면증으로 병원을 찾았을 때 의사는 "잠 그거 좀 며칠 못 잔다고 큰일나지 않아요, 괜찮아요"라고 조언했다. 이 말을 듣는 순간 내게도 모종의 자유가 생겨났는데, 의사의 말이 다음날 출근을 앞둔 매일 밤의 나에게 오히려 끔찍한 악몽처럼 느껴졌던 '잠들기'의 크기를 축소해버렸기 때문이다. '잠들기'라는, 밤마다 입어야 하는 불필요하게 무거운 외투 같았던 일이 순간적으로 공중에 붕 떠올라 가벼워지는 느낌이었다. 물론 그때처럼 계속 잠을 자지 못했다면 몸이든 정신이든 어딘가에 정말 큰일이 났을지도 모르지만, 뭔지도 모를 큰일에 관한 생각이 도리어 나의 잠을 나로부터 걷어내고 있었으므로…… 어찌됐든 그것은 잠을 짐처럼 여기지 말라는 전문가의 조언 덕분에 얻어낼 수 있었던, 권위에 의탁한 자유였다. 잘은 모르지만 가이드라인에 적혀 있는 치료의 방식이 아니었을까? 그의 말이 덜어낸 잠의 무게 덕분에 그날 밤 나는 평소보다 쉽게 입면했다.

비슷한 맥락에서 이동중의 잠은 해결해야 할 모종의 과업이 아니라 오히려 딴짓에 가깝고 그때 잠과 나의 불화는 조금 개선된다. 불필요한 긴장 없이 잠이 내게 스

민다. 대부분의 여행에서 비행기가 이륙하는 순간 나는
잠든다. 옆자리에서 누군가 내 얼굴을 바라본다면 나의
거칠어지는 숨소리나 경련하는 눈꺼풀을 확인하며 무
슨 꿈을 꾸고 있을까, 그런 생각을 하게 될지도 모른다.
그 생각은 나를 바라보는 부드러운 눈빛을 불러오고 눈
빛은 나의 꿈에 침입해 부드러운 풍경을 만들어낼 것이
다. 구름에 파묻히듯이, 부드러운 풍경 속으로 낙하하
여 도착한 지상의 어느 공간이 너무 딱딱하고 차가워서,
꿈속의 내가 자기 존재를 깨달은 갓 태어난 아기처럼 화
들짝 놀라고, 그래서 꿈 밖의 몸이 순간적으로 요동친다
면, 바라보던 사람의 손이 나를 가볍게 흔들어 깨울지도
모른다. 그 순간 나는 일상과 비일상의 혼곤한 경계에서
눈을 뜰 것이다. 절반쯤만 들어올린 눈꺼풀 아래로 그
를 바라보며 깨워줘서 고마워, 그렇게 말할지도 모른다.
김리윤 시인의 산문 「구하는 잠」에는 "언제나 잠든 사람
의 얼굴이 가장 연약한 물질이라고 생각해왔는데, 그 표
면을 가만히 응시하는 동안 깨달았지. 깨어 있는 사람의
얼굴이야말로 비할 데 없이 연약한 물질이라는 걸. 이미

깨져 있어서 너무 많은 틈새를 가졌거나 작은 새의 부리가 툭툭 건드리는 것만으로도 산산조각날 수 있는 물질[•]이라는 문장이 등장한다. 세계가 나를 툭툭 건드릴 때 나의 의식은 꿈으로부터 현실을 향해 벌어진다. 내 몸은 꿈의 보호에서 벗어나 연약한 얼굴의 세계에 속하게 된다.

잠든 얼굴이라는 사물. 내가 비행기 옆자리에 앉아 악몽 꾸는 신의 얼굴을 내려다볼 수 있다면, 악몽에 대한 반향으로 신의 몸이 떨리는 모습을, 요동치는 가슴과 광대뼈 위로 흘러내리는 눈물을 볼 수 있다면, 신의 꿈속에서 한꺼번에 망가지고 있는 세계가 내가 발 딛고 있는 바로 이곳이라는 사실을 어느 순간 깨닫고 소스라치게 놀랄 것이다.

보통의 잠은 어둠 속에서 내가 찾아다니는 것이지만 이동중의 잠은 빛 속에서 나를 찾아온다. 익숙한 곳을

[•] http://www.arte.co.kr/book/theme/1345

떠날 때 내게로 인도되는 잠을 나는 환대하고 싶다. 잠, 이라고 불러본다. '잠'의 발음은 잠든 사람의 숨소리를 닮은 부드러운 유성어로 이루어져 있다. 만화에서 깊은 잠에 빠진 등장인물의 말풍선 속에 적힌 'zzz' 글자를 떠오르게 한다. 'z'와 'ㅈ'은 발음이 비슷한데 그러고 보니 생김새도 닮아 있다. 누군가의 무구한 잠을 소망하며 잘 자, 라고 말할 때, '잘'이라는 부사와 '자'라는 동사 간의 음성적 유사성은 '잘'이라는 부사가 품은 긍정성이 '자'라는 동사에 닿을 수 있게 하는 일종의 통로의 역할을 하는 것 같다. 그러므로 '잘 자'라는 말은 언제나 긍정성의 매끄러운 이동을 품고 있어 듣기에 좋다. '잠'이라는 말도 그렇다. '자'가 '잠'이 되는 순간 동사를 명사화하는 '-ㅁ'은 '자'라는 글자를 닫는다. 여러 구문들에서 동사는 물렁거리고 명사는 딱딱하다고 느껴지는데, 그런 의미에서 '잠'의 질감은 '자'보다 단단하다. 그렇다면 '꿈'은? 글자의 모양도 그렇고, '꿈'은 '잠'보다 왠지 둥글다. 구형 정원 같다. 잠은 시간에 가깝고 꿈은 공간에 가깝다, 라는 생각을 잠시 해본다. 적고 보니 '잠시'라는 글자에도 '잠'

이 들어가 있다. '잠깐'도 마찬가지다. 이 글을 쓰며 '잠깐 잠(暫)'이라는 한자가 존재한다는 사실을 알았다. 이러한 이유 때문에 '잠'이 시간과 유관한 인상을 주는 것일까?

이 글을 시작할 무렵에는 지난겨울 여수에서 서울로 돌아오는 기차 안에서의 끝내주는 낮잠에 대해 쓰려고 했었는데, 다른 이야기를 벌써 너무 많이 해버린 것 같다.

전남에는 눈이 잘 오지 않는다고 했다. 몇 년 만의 폭설이었다. 밤새 내린 눈이 여수를 덮었고 아침에 일어 나니 호텔 창밖이 온통 희었다. 새하얀 풍경 너머에서 새 하얀 해변으로 밀려들어오는 바닷물만이 검푸른 빛깔을 띠고 있었다.

호텔에서 역까지 갈 택시가 잡히지 않아 예매해둔 KTX 열차를 놓치고 업무 관계자분의 차를 얻어 탔다. 눈 쌓인 길에서 타이어가 자꾸 미끄러졌다. KTX 열차는 모두 매진이었다. 조수석에서 코레일톡 어플을 새로고침

하다가 간신히 용산역으로 가는 무궁화호 승차권을 구매했다.

무궁화호 열차의 좌석 간 간격은 KTX 열차보다 넓었고 창문도 훨씬 컸다. 기차는 기차라고는 믿기지 않을 만큼 느리게 이동했다. 그 사실이 나를 정말로 기쁘게 했다. 창밖이 훨씬 잘 보였던 것이다. 눈 쌓인 나무, 눈 쌓인 언덕, 드문드문 놓여 있는 작은 집들, 새하얀 논밭과 하늘, 휘날리는 눈발들. 더 빠른 속도로 달려가는 기차의 안이었다면 뭉개지고 흩어졌을 풍경들이 형체를 간직한 채 느리게 뒤쪽으로 사라져갔다. 창은 낡았지만 너무 깨끗해서 내리는 눈이 금방이라도 유리를 통과해 나의 이마와 무릎 위로 쏟아질 것 같았다.

나는 무궁화호의 쾌적함과 다정함에 놀라고 말았다. 놀람은 잠시였고 얼마 지나지 않아 나는 잠들었다. 이동 수단 안에서 잠은 나를 거의 습격한다…… 풍경에 의식을 빼앗긴 듯이 잠에 빠져들었고, 창밖이 없는 것처럼,

풍경이 없는 것처럼 잤다. 음악을 들었을 테지만 음악이 없는 세계에 들어선 것처럼, 침묵과 고요만이 은유할 수 있을 것 같은 그런 깊은 잠을……

이쯤에서 기억을 왜곡해보기로 한다. 기억의 구성에 상상의 함량을 늘려보는 것이다. 나는 기억 속 나의 시선을 몸의 바깥으로, 열차 안 공중의 어딘가로 빼내어본다. 눈감은 나를 또다른 시선이 내려다보는 방식으로 기차에서의 기억이, 기억을 이루는 시각 이미지가 재편성된다. 머리통이 흔들리고 있다. 창 쪽으로 고개가 기운다. 얼굴 위로 머리카락 몇 올이 늘어져 있다. 잠든 얼굴은 어쩌면 죽은 얼굴과 닮았을까. 잠과 죽음은 얼굴로써 수행될 수 있는 종류의 것일까. "잠과 죽음은 누가 몰래 바꿔치기해도 모를 두 개의 물건 같다. 네 방의 비누와 내 방의 비누처럼. 바닥에 흩어진 비누의 살점들처럼." 작년에 쓴 시 「석조 호텔」•의 문장들을 떠올린다. 욕실

• 시집 『세트장』에 수록되어 있다.

바닥에서 녹아가는 비누 조각들과 세계의 살점으로서 우리의 신체가 다르지 않은 것 같다는 생각을…… 나는 했던가. 잠과 죽음에 대한 관념 역시 흩어져 녹아가는 살점들일까. 새하얀 창밖이 빠르게 지나간다. 터널을 지날 때마다 풍경은 흑과 백을 오가지만 그것이 나의 잠을 깨우지는 않는다. 기차의 이동으로 인해 와해된 모든 형상의 윤곽들이 창에 기대어 있는 머릿속으로 흡수되어 안구의 뒤쪽에서 상영중인 꿈을 흑백으로 물들일 것 같다. 이 장면은 아름답다고 느껴진다. 현재의 나는 과거의 나를 바라보는 시선에 규합되고 잠든 나를 한참 동안 지켜볼 수 있다. 열차 안의 나는 미래의 나에 의해 관람될 줄 모르고 깊은 잠에 빠져 있다.

일어나니 여전히 눈이 내리고 있었다. 잠이 덜 깨어 아직 추상의 상태에 놓여 있는 몸통과 팔다리를 인지하는 동안 점차로 안심되었는데, 몇 초 뒤 정신이 명료해지면서 내가 노인이 되는 꿈을 꾸었다는 사실을 알 수 있었다. 꿈속에서 나는 노인이었다! 지나간 젊은 시절을

애틋하게 여기지만 굳이 그것에 대해 깊이 생각하지는 않는 노인이었다…… 지금도 기억력이 나쁜데 노인이 되고 난 뒤에는 더 나빠질 것이 분명하므로 나름대로 개연성 있는 설정이었다…… 순백의 풍경이 나의 무의식 속에서 백발의 이미지를 활성화시켰기 때문일까? 나는 꿈에서 삶이 몇 년 남지 않았다는 사실을 조금 슬퍼했지만 그것에 대해서 역시 깊이 생각하지는 않았다. 그래도 깨어난 몸이 아직 젊다는 사실만큼은 다행스러웠다. 최근의 나는 장수하고 싶다는 마음을 자주 갖는 편이다. 그러나 내가 깨어난 것이 맞는지, 이곳이 정말 현실인지, 현실이란 과연 무엇인지, 그런 것은 영영 알 수 없을 것이다. 무궁화호 열차 구석에서 창가에 머리를 기대고 잠에 빠져 있는 서른한 살의 내가 어떤 노인이 꾸는 꿈이라면? 세상의 밖 어딘가에서 따뜻한 햇살을 맞으며 꾸벅꾸벅 졸고 있는 노인의 얼굴에 팬 주름들이 나의 탄생과 어떤 방식으로든 결부되어 있다면? 그러한 가정은 놀랍게도 자유를 준다. 나의 우주가 항구적인 실재가 아니라는 기분좋은 감각. 환상과 가상이 휘저어놓은 덕분에 함부로 고착되지 않는 시공간. 진리가 사물 위에 군림하지 않음으로써 발생되는 유동성과 가벼움. 하염없이 내리는 창밖의 눈발들이 모두 꿈의 질료라면, 폭설 덕분에 이 여행은 꽤 좋은 꿈의 전개가 된다.

비몽사몽간에 휴대폰에 메모를 했다. 이 글을 쓰기 위해 몇 달 만에 펼쳐본 메모의 내용은 다음과 같다.

기차는 자꾸 늦는다
이미 늦은 것도
또다시 늦는다

5호차는 비어 있다
낡고,
넓은 창밖으로 눈이 온다

창 쪽으로 고개가 기운다
하얗게 기운 채로 간다

자는 동안 머리가 셀 것이다

전남에는 눈이 잘 오지 않는다고 했다

이미 늦은 기차가 또다시 늦는다는 건 대체 무슨 뜻일까…… 대다수의 문장들은 나를 초과하며 쓰이고 나는 때때로 나 자신에게 방금 쓴 문장에 대한 해명을 요구해야 한다. 모든 문장들이 언제나 해명되지는 않는다. 쓴 사람에게조차 해명되지 않는 문장들이 서로를 지탱하며 성립 가능해질 때, 나는 시를 썼다고 느낀다.

이 소박한 문장들의 모음을 시라고 불러도 될까? 그러든지 말든지 나의 마음대로 정하면 될 일이다. 연갈이와 행갈이가 되어 있다는 사실이 조금 의심스럽긴 하지만…… 이것들을 그냥 낙서라고 부르고 싶다. 제목도 지어주고 싶지 않다. 무엇일까, 어떤 낙서를 시라는 형식의 연장선 위에 놓고 싶지 않은 마음은. 용도가 불분명한 파편적인 낙서들이 나의 메모장에 삼천 개쯤 저장되어 있다. 나는 이 구멍 뚫린 낙서들, 부실하고 느슨한 기록들의 우연한 배치가 나의 현실을 반영하거나 지탱한다고 믿고 있는가.

서울을 향해 가는 동안 눈은 서서히 그쳤다. 잠 밖에서 마주한 현상의 국면들을 짧은 문장으로 적어내며 나는 내가 현실이라고 믿어왔던 세계를 향해 서서히 깨어나고 있었다. 창밖의 흰빛이 점진적으로 걷혀갔다. 논밭이 있던 자리에는 빌딩들이 서 있었는데 그것은 언뜻 과거의 잔해로서의 현재처럼 보였다. 꿈과 현실을 오가며 쓰인 낙서는 무궁화호가 서울과 여수를 연결하듯이 잠이 내 몸을 매개하여 서울과 여수를 연결한 적 있다는 사실의 기록 같았다. 종착지에 이르렀다는 안내방송을 들으며 꿈속의 백발을 털어냈다. 더는 노인이 아닌 내가 기차에서 내리고.

개—얼음

눈을 떴을 때, 식탁 위에 놓인 얼음을 보았어. 침대에서 부엌까지 걸어가는 동안 본 것들은 많았을 텐데, 천장도 보고 바닥도 보고 창밖도 내 손도 발도 보았을 텐데 어째서인지 조금도 떠오르지 않고, 지금은 눈을 뜨자마자 한 조각의 얼음을 보았다는 기억뿐이야.

얼음은 느리게 녹고 있었어. 목제 식탁의 한가운데를 적시는 중이었어. 절반 정도 녹은 얼음을 몇 초간 지켜보면서 문득 네가 시킨 일을 해야 한다는 사실이 떠올랐는데, 아마 얼음이 녹는 모습 때문이었을 거야. 녹아가는 얼음이 뒤집은 모래시계 같아서 조급해졌어. 녹는 일에는 결말이 있었으니까. 얼음이 다 녹아서 물이 된다면 그 물은 다시는 같은 얼음이 될 수 없을 거였으니까. 내가 그 자리에서 몇 시간을 더 서 있었다면 물이 공기 중으로 사라지는 모습까지 볼 수 있었겠지. 이후에는 내가 허공을 하염없이 바라본다고 해도 증발한 물이 또다른 무엇이 되는 모습을 보기는 어려웠을 거야. 그건 모래시계를 뒤집듯 돌이킬 수는 없는 일이기도 했다.

너는 그래서 얼음을 두고 간 거였나. 내가 할 일을 떠올리게 하려고. 물론 그럴 리는 없었겠지. 아이스커피 같은 걸 텀블러에 담다가 떨어뜨리거나 한 거였겠지. 겨울 아침에 아이스커피를 마시는 습관이 너에게 있었던가. 없었던가. 아니면 얼음은 내가 짐작할 수 없는 다른 이유로 식탁 위에 떨어져 있던 거였나. 그러나 눈을 떴을 때 집에는 네가 없었고 얼음만 있었고 내가 상상할 수 있는 상황은 그것뿐이었어. 너와 얼음. 얼음과 너. 식탁 위에 얼음을 두고 간 너. 겨울 아침에 없는 너. 이른 아침부터 출장을 간다고 이틀 전의 네가 말했던 것 같은데, 그래서 꼭 부탁을 들어달라고 말했던 것 같은데. 어디로 간다고 했는지는 잘 떠오르지 않았어. 하지만 네가 했던 부탁은 정확하게 기억이 났어. 그때 개가 짖었어.

개, 우리가 키우는 개. 얼마 전 새끼를 다섯 마리 낳은 개. 끼니마다 보양식을 해 먹였지만 아직도 야위고 배가 늘어진 개. 커다란 검은 개를 우리는 아주 사랑했다. 우리는 우리가 개를 얼마나 사랑하는지 증언하며 많은 밤을 보냈지. 서로에 대한 사랑을 말하는 일보다 개에 대한 사랑을 함께 말하는 편이 우리의 사랑을 더 선명하게 드러내주는 듯했어. 검은 털 속에 박힌 검은 두 눈이 얼마나 반짝이는지, 우리의 개가 얼마나 섬세하게 구별되는 많은 감정을 가졌고 또 그 가느다란 꼬리와 뼈대가 두드러지는 얼굴로 그것들을 얼마나 잘 표현해내는지, 눈과 코와 입이 달려 있다는 점 말고도 개와 우리가 얼마나 비슷한지. 우리는 개를 키우며 고기도 끊었지. 치킨을 먹다가 너는 갑자기 닭다리가 개의 그것처럼 느껴진다고 말하며 남은 음식을 모두 내다버렸던 적도 있어.

개 한 마리 화초 세 개 사람 두 명이 살던 이 집에 다섯 생명이 더 찾아온 건 얼마 전의 일이었다. 개의 뱃속에 다섯 마리의 새끼가 있다는 사실을 알고 우리는 기뻐했던가 당황해했던가. 개를 조금 노려보았던가 다정하게 안아주었던가. 개는 우리보다 먼저 자신의 임신 사실을 알고 있었던가. 아니면 우리가 개보다 일찍 알게 되었던가.

개가 아침에 짖는 건 일종의 인사였어. 밤새 잘 있었니, 잘 잤니, 그런 의미의. 거실 구석에 놓인 개집 안에는 젖도 안 뗀 새끼들이 뭉쳐 있었고. 개는 꼬리를 흔들며 나를 보고 있었어. 나는 식탁 위에서 녹고 있는 얼음을 뒤로하고 개에게 다가갔다.

손을 내밀자 개는 내 손바닥을 핥아주었어. 우리는

서로에게 상냥하지만 사적인 대화를 나누지는 않는 형제들처럼 거실에 함께 있었다. 개도 내가 더 안아주기를 바라지 않았고 나도 개가 풀썩 뛰어올라 내게 안기거나 얼굴을 핥으려 들길 바라지 않았어. 나는 개의 빈 그릇에 물을 따르고 다른 그릇에 강아지용 사료를 가득 채워주었어. 성견용 사료보다 영양분이 많아서 출산한 개에게 먹이기 좋다며 네가 사온 사료였어. 너는 늘 개에게 내가 하는 것보다 조금 더 섬세한 다정을 베풀 줄 알았어. 개는 어릴 때부터 내가 고른 장난감보다 네가 고른 장난감을 더 마음에 들어 했고 내가 사온 옷을 입힐 때는 낑낑거리다가 네가 사온 옷을 입힐 때는 언제 그랬냐는 듯 얌전해져서 함께 겨울 산책을 다녀올 수도 있었지. 이상하게 내가 개에게 주는 사랑은 조금씩 헛발질을 하는 일 같았어. 나의 서투름에 비해, 나와 개의 엉성한 관계에 비해 개와 너는 누구보다 친밀하고 완벽한 반려견과 반려인의 모습 같았다. 한 가족 안에서 개가 더 좋아하는 사람이 있을 수 있다는 걸 이해하지 못하는 게 아니야. 그런데 어쩐지, 이 집은 너와 내가 함께 살던 집인데, 어느 순간부터인가 개와 너의 집에 내가 얹혀산다는 느낌이 들 때가 있었어. 늘 회사 일로 바쁜 너보다 프리랜서인 내가 개를 돌볼 시간이 더 많았는데도. 얼굴 근육을 빠르게 이완시키며 입을 벌리는 표정은 개가 너와 나 모두에게 지어주는 웃음이었는데, 어쩐지 나에게는 조금 더 형식적인 느낌이었다거나, 신입 사원이 부장에게 하는 사회생활 같았다거나. 그런 게 개한테 가능한 일인지는 모르겠지만, 아무튼 그랬어.

개가 새끼를 가진 후에 개와 나는 조금 더 데면데면해졌어. 사람은 개의 나이가 아무리 많더라도, 설령 백 살 먹은 개가 눈앞에 있다 하더라도 그저 아이처럼 보기 마련이잖아. 어떤 사람에게는 개의 임신이 자연스러운 일일 수도 있겠지만, 나는 그냥…… 징그러웠어. 우리의 개가 새끼를 가졌다는 게. 개의 뱃속에 개와 똑같이 생긴 새끼들이 우글거리고 있을 거라는 게. 하지만 그 사실을 개에게 들켜서는 안 됐지. 그건 개에게 실례잖아.

만성 족저근막염 때문에 오래 걷지 못하는 나 대신 개와의 산책은 언제나 퇴근 후 네 몫이었다. 우리 아파트 단지에서 출발해 옆 단독주택 단지를 한 바퀴 돌아오는 한 시간 정도의 코스였는데 가끔은 두 시간이 지나고 세 시간이 지나도 너희가 돌아오지 않을 때도 있었어. 그럴 때면 나는 발코니 창문에 기대서서 아래를 내려다보며 너와 개가 돌아오는지 지켜보곤 했어. 왜였을까? 왠지 너희가 이 집에 나를 두고 영영 사라져버리지 않을까 하는 불안한 예감에, 그게 아니라면 나를 두고 너희가 다른 일을 벌이고 있는 것은 아닐까, 개와 사람이 벌일 그 다른 일이란 도무지 상상할 수 없었지만, 아무튼 내가 모르는 어떤 일이 너와 개 사이에 있는 것이 아닐까, 그래서 나는 아무것도 모르는 사람의 입장이 되어 빈집에서 영영 너희를 기다리게 되는 것이 아닐까, 하는 생각에 시달리고는 했고.

하지만 개와 너는 하루도 빠짐없이 돌아왔어. 오늘은 유독 집에 들어가기 싫어하더라고, 한강변까지 같이 좀

뛰다 왔어, 돌아온 너는 약간 땀에 젖은 얼굴로, 지쳤지만 상기된 얼굴로 내게 말했다. 우리의 순한 개는 현관에 서서 기다리다가, 물티슈로 발을 닦아주면 스스로 집안으로 걸어들어갔어. 네가 안방 욕실에서 샤워하는 동안 나는 거실 화장실에서 개를 씻겼어. 착하네, 오늘도 잘 놀다 왔어? 같은 말들을 하며. 그러면 개는 순순히 내 손길에 몸을 맡기고 가만히 있었다. 젖은 개의 털은 무겁고 부드러웠고 개의 속눈썹 끝에 맺힌 물방울들은 아름다웠어. 개를 다 씻길 때쯤 너 역시 샤워를 마치고 나와서 너의 머리와 개의 몸을 함께 말리곤 했지. 헤어드라이어를 싫어하는 개들이 많다던데, 개와 너는 마치 놀이를 하듯 각자의 머리와 털을 말렸어. 네가 개에게 드라이어를 겨누면 개는 제자리에서 빙글빙글 돌며 신나하고, 네가 팔을 들어 머리를 말리면 곁에 앉아 너를 하염없이 올려다보곤 했다. 나는 그 모습을 보고 있었고.

점잖지만 늘 건강하던 개가 식음을 전폐한 채 거실 바닥에 엎드려 우리를 눈으로만 좇았을 때, 한여름이었고 더위를 먹은 게 틀림없다며, 열대야에 에어컨을 틀지 않고 외출하고 온 것이 실수였다며 개를 데리고 허겁지겁 동물병원에 찾아갔을 때, 우리의 개가 엄마가 될 거라며 의사가 축하의 말을 전했을 때, 우리는 다섯 마리의 강아지를 맞이할 준비가 되어 있었다. 준비를 시작할 준비라도 되어 있었나. 개는 어미가 될 준비가 되어 있었나. 아니 그보다, 내성적인 성격인데다 다른 개와 함께할 일 없었던 우리의 개가, 발정기가 온 줄도 몰랐던 얌전한 우리의 개가, 어떻게 임신을 하게 된 거지?

개가 밖으로 나가 다른 개와 접촉하는 순간은 오로지 산책 시간뿐이었다. 어떻게 된 거야? 집으로 돌아가는 길에 운전중인 네게 물었더니, 너는 어깨를 으쓱했어. 그렇게 됐나봐. 나는 되물었다. 아니, 너 봤어? 산책중에 무슨 일 있었어? 보진 못했는데, 모르지 뭐. 무슨 일이 있었다는 건 확실하니까. 준비할 게 많을 거야, 책도 좀 읽어야 할 거고…… 너는 어쩐지 조금 기분이 좋아 보였어. 귀여운 새끼들을 만나게 될 일이 기대되어서였을까.

집에 새 식구가 늘어난다는 것이 기뻐서였을까.

아기들 태어나면 시골 어머님 댁에 보낼까? 아버님 돌아가시고 적적해하시니까. 앞쪽을 보며 씩 웃는 너의 옆모습을 보았어. 나는 네가 개의 임신에 대해 뭔가를 알고 있는 것 같다는 생각을 멈출 수가 없었지만, 더이상 묻지 않았어. 네가 어떤 장면을 보았거나, 아니면 어떠한 경로를 통해 개를 나 몰래 교미시켰다거나, 그것도 아니라면 다섯 마리의 새끼들이 너와 개 사이에서 생긴……

그래, 나도 알아. 말도 안 되는 생각이라는 거. 너는 개도 아니고 수컷도 아니니까. 그건 불가능한 일이었지. 아주 잘 알고 있어. 그런데도, 차를 타고 집에 가는 몇 분 동안, 너무나 이상하게도, 도무지 그런 느낌이 지워지지 않았어. 하지만 당연히 그 사실은 너에게도 개에게도 말할 수 없었다.

우리를 집에 내려주고, 너는 주말 레슨을 받으러 피아

노 학원으로 차를 몰고 떠났어. 나는 부엌으로 가서 불린 황태포를 사료에 섞고 그 위에 강아지용 비타민을 듬뿍 뿌렸다. 개는 바닥에 엎드려 물끄러미 나를 올려다보고 있었어. 개의 뱃속에는 여러 마리의 새끼들이, 손톱만 한 크기로 자라나고 있을 거였고, 이제 개는 엄마가 될 거였고, 개는 계속해서 나를 올려다보고…… 나는 개의 얼굴 앞에 밥그릇을 탁 놓았다. 개는 밥그릇으로 시선을 옮겼다가 다시 나를 쳐다보았어.

먹어. 나는 내 입에서 나온 말투가 너무 신경질적이라는 사실에 놀라 흠칫하며 개를 바라보았어. 네가 들었다면 무슨 일이 있느냐고 물었을 거야. 개는 여전히 내게서 눈을 떼지 않고 있었다. 사료가 퉁퉁 불어가고 있었어. 먹어, 먹으라고. 나는 조금 더 다정하게 말하려 노력했지만, 입 밖으로 튀어나온 말투는 그렇지 않았어. 손바닥에 몇 알의 사료와 황태 살을 올려 개의 입 앞에 갖다댔어. 개는 고개를 돌렸어.

여전히 밥을 안 먹어. 내가 말하자, 전화 너머로 뚱땅거리는 피아노 소리가 들렸어. 병원 다녀와서 스트레스를 받았을 거야. 오늘은 네가 산책 좀 다녀올래? 너는 약간 귀찮은 듯이 말했어. 오늘은 두 시간 더 연습하고 가려고. 다음주에는 출장 때문에 못 올 거 같아서.

전화를 끊고 나는 목줄을 찾아 개의 목에 걸었어. 개밥은 거실 바닥에 그대로 둔 채였어. 산책 갈까? 말하자, 개는 그 자리에 다시 엎드렸어. 가자, 운동을 해야 밥을 먹지. 나는 개의 목줄을 잡아끌었어. 개는 몸을 뒤로 빼고 목줄을 잡아당겼어. 개보다 마른 내가 개 쪽으로 조금 끌려갔어. 가자고, 나는 목줄을 힘껏 잡아당겼어. 목줄이 순간적으로 개의 목을 조였어. 개는 내 쪽으로 잠깐 끌려오다가 네 다리로 버티고 서더니, 나를 향해 으르렁거렸어. 나는 놀라서 목줄을 놓쳤어. 개는 내게 더이상 붙잡혀 있지 않았는데도 여전히 그 자리에 서서 이빨을 드러낸 채 나를 쳐다보았어. 나는 얼어붙은 것처럼 조금도 움직일 수가 없었어. 개가 나를, 아니 사람을 위협한 적은, 내가 개를 만난 이래 처음이었어. 개는 잠시 더 나를 쳐다보다가 목줄을 맨 채 개집 안으로 들어갔어.

돌아온 너는 심드렁하게 개의 등을 쓰다듬으며, 임신한 개는 당연히 예민할 수밖에 없고, 살짝 으르렁거렸다고 한들 그럴 수도 있지 않느냐고. 얌전한 성격의 우리 개가 얼마나 싫었으면 그랬겠느냐고, 억지로 목줄을 잡아끈 나의 잘못이 크다고 말했지.

네 말이 맞아. 우리 개는 임신을 했고, 임신이란 먹성 좋던 개의 입맛도 빼앗아버릴 만큼 모체를 위태롭게 만드는 일이고, 그러니까 당연히 개를 잡아끌어 산책을 가려고 한 내 잘못이었다. 개가 나를 문 것도 아니고, 크게 짖거나 날뛴 것도 아니고, 그저 이빨을 드러내며 잠시 으르렁거렸을 뿐인데, 그러고 나서는 저렇게 순한 개로 돌아가 너의 무릎에 턱을 대고 엎드려 있는데, 충분히 그럴 수도 있었어. 개는 너무나 잘하고 있었다. 잘하지 못한 것은 내 쪽인 것이 분명했지.

미안해. 나는 손을 뻗어 개의 뺨을 어루만졌어. 개는 움직이지 않고 가만히 있었어. 그래, 개는 그럴 수 있었어. 그것으로 충분했어. 그렇지만 조금은 더 적극적으로 사과를 받아줄 수도 있었을 텐데. 네 무릎에서 내 쪽으로 고개를 돌린다거나. 꼬리를 작게 흔든다거나. 그래 줄 수도 있는 거 아니었을까.

개의 임신 기간이 두 달밖에 되지 않는다는 사실을 나는 처음 알았어. 인간에게는 짧은 시간이지만, 개에게는 열 달보다 긴 시간일 수 있다는 것도. 그동안 나는 맡았던 두 개의 번역 작업을 간신히 끝냈고, 마지막 며칠씩은 원고를 붙잡고 밤을 새우기도 했어. 그렇게 밤을 새운 후에는 꼬박 하루를 잠만 자며 보내기도 했다. 너 역시 세 번의 주말 출장을 다녀왔어. 대구로, 순천으로, 제주도로. 네가 없는 주말에 나도 조금씩 익숙해져갔고.

그렇게 정신없이 두 달이 흘렀어. 그날도 나는 사십팔

시간 정도를 깨어 있다가 마지막 컨펌 메일을 확인한 뒤 침대 위에 쓰러져 기절하듯 잠에 들었어. 아무 소리도 들리지 않고 아무 냄새도 맡아지지 않는 깊은 잠이었어. 몇 가지의 꿈을 연달아 꾼 것 같아. 꿈의 내용이 조금씩 이어지기도 했고 나를 꿈 밖으로 밀어내려는 것처럼 끔찍한 일들이, 꿈속의 나의 평생에 걸쳐 일어나기도 했어.

얼마나 시간이 흘렀을까. 몹시 피로한 상태로 깨어났던 것 같아. 두통이 있었고 허리도 아팠어. 비몽사몽간에 불 꺼진 거실로 나갔을 때 나는 비명을 멈출 수 없었어. 너는 피 묻은 손으로 검지를 입술에 갖다대고 조용히 하라는 시늉을 했어. 네 주변에는 피범벅이 된 솜이 불과 수술용 가위, 소독제가 놓여 있었고, 나는 입을 틀어막고 그 자리에 멈춰 서 있었어. 또다른 악몽 속으로 이동한 것 같은 기분이 들었지만 그렇다기에는 너무도 생생한 현실이었어. 너는 여전히 검지를 입술에 갖다댄 채 다른 손으로 오라는 손짓을 했어.

아기들이, 너무 작아, 너는 속삭이며 끊어놓은 탯줄들을 보여주었어. 출산의 순간을 대비해 우리는 일주일쯤 전부터 온 동네를 돌며 박스를 구하러 다녔지. 마침내 냉장고를 포장했던 커다란 박스를 아파트 분리수거장에서 주워올 수 있었어. 박스를 세우고 그 안에 솜이불을 깔아 크게 넓혀둔 개집 안에서 개는 새끼를 낳은 듯했어. 안쪽의 솜이불에도 피가 조금 묻어 있었지만 네가 새것으로 빨리 갈아준 모양인지 벗겨진 태반과 태막은 모두 밖의 이불 위에 뭉쳐 있었어. 나는 조심스럽게 개집 안을 들여다보았어. 혀를 빼물고 있던 지친 얼굴의 개와 눈이 마주쳤어. 개는 나를 보고 조금 웃는 듯했어. 입가에 피가 잔뜩 말라붙어 있었어. 새끼들을 핥아주고 태반을 먹은 모양이었어. 다섯 마리의 새끼가 개의 배에 매달려 젖을 빨고 있었어. 정말이지 작았고, 모두 검은 털을 갖고 있었고, 서로를 밟고 또 서로에게 밟히며 전투적으로 첫젖을 먹고 있었어.

시계를 보니 새벽 네시였어. 잘 잤어? 너무 곤히 자길래 안 깨웠어. 너는 수술용 장갑을 벗으며 속삭였어. 자세히 보니 너도 얼굴이 말이 아니었어. 개에게도 출산이 처음이었겠지만 너도 개의 출산을 돕는 일은 처음이었으니까. 괜찮아? 어떻게 일어났어? 내가 묻자, 자정쯤부터 끙끙거려서 안 자고 옆에 있었어. 애들이 시간차를 두고 나오더라. 너는 지쳤지만 즐거운 듯 미소를 지어 보이며 말했어. 너무 귀엽지 않아? 나는 개집 안을 한번 더 들여다보았어. 새끼들은 아주 작았지만 너무 작아서 마냥 귀엽지만은 않았어. 꿈틀거리는 모습이 포유류 같기보다 조금은 벌레의 모습에 가깝다고 생각했어. 하지만 고개를 끄덕였어.

초록색 태반과 태막을 음식물쓰레기 봉투에 넣고 솜이불은 일반쓰레기 봉투에 넣어 버렸어. 개집 안에서 계속 움직이는 소리가 났어. 새끼들이 계속 젖을 먹고 있어서 잠들기 어려울 것 같았어. 나는 부엌으로 가서 내일 개에게 줄 미역국을 끓이기 위해 미역을 불려두었어. 방으로 돌아왔을 때 너는 이미 곯아떨어진 뒤였지.

네 옆에 누웠지만 잠이 오지 않았어. 나는 해뜰 때까지 누워서 거실에서 희미하게 들려오는 소리들을 듣고 있었어. 개가 혀로 새끼를 핥아주는 소리, 새끼들이 애처롭게 낑낑거리는 소리가 계속되었고, 그런 소리들을 탯줄 끊듯이 중간중간 끊어놓는 차 소리가 간간이 날카롭게 창문을 넘어왔어.

*

피아노를 사려고.

이틀 전의 네가 말했을 때, 나는 흔쾌히 그러라고 했다.

피아노를 배우려고. 반년 전의 네가 말했을 때도 마찬가지였지. 너는 아파트 단지 근처의 피아노 학원을 다 돌고 와서는 선생들이 클래식 음악이라고는 조금도 이해하지 못하고, 너한테 어쭙잖은 뉴에이지나 치라고 권했다면서, 너는 기초부터 시작해서 쇼팽과 드뷔시와 슈만과 프로코피예프까지 치고 싶은 레퍼토리가 너무 많았는데, 이렇게 들어버린 나이가 한스럽지만 음악을 제대로 가르쳐주는 곳이라면 예닐곱 살 유치원생들 틈바구니에서 계이름부터 배울 수 있다고 말했지. 지금 시작하면 몇 년 안에 왈츠나 발라드 정도는 칠 수 있지 않을까, 그렇게 된다면 평생, 손가락이 움직이지 않을 만큼 늙어버리기 전까지 피아노를 칠 수 있을 거라고. 그런데 이 동네에는 도무지 배울 만한 선생이 없다고 고개를 저었어.

그러던 어느 날, 회사 동료의 조카가 이 동네에서 예원학교에 입학했다고 자랑을 했다고 했지. 너는 당장 아이의 선생에 대해 물었고, 그가 차를 타고 십오 분 정도면 갈 수 있는 작은 피아노 학원에서 레슨을 하는 원장이라는 사실을 알게 되었다고. 작지만 그 학원에서 배출한 콩쿠르 우승자만 십수 명이라고. 네가 신이 나서 내게 그 이야기를 했을 때, 나도 너와 함께 기뻐했던 것 같네.

레슨은 네가 기대한 만큼 섬세했던 모양이었어. 첫 레슨을 마치고 돌아온 너는 황홀한 표정으로 말했어. 정수리에서부터 물이 흘러내려서, 물방울 하나가 손가락 끝으로 톡 떨어지는 것처럼 건반을 치래. 너무 아름답지 않아? 나는 고개를 끄덕였어. 피아노를 한 번도 연주해본 적 없는 나 역시 알 것만 같은 감각적인 표현이었어. 너는 종종 집에 돌아와 레슨 동안 원장님이 했던 말들을 내게 들려주곤 했어. 왼손이 내는 소리에 오른손이 갇히면 안 된대. 아주 짧은 32분음표에도 자기 목소리가 있기 때문에 그걸 찾아줘야 하는 거래. 어떤 음에서는 그 음악의 모든 감정을 그 음표가 짊어질 수 있도록 연주해야 하고, 크게 소리를 내는 게 아니라 깊게, 건반 아래에 끝이 없는 것처럼, 어둠 속으로 빨려들어가듯 한없이 깊게 눌러야 하는 거래……

　너의 연주를 직접 들어본 적은 없었지만, 너는 피아노에 꽤 재능이 있는 것 같았어. 어느 날은 저녁을 먹다가 원장님이 아직 늦지 않았으니 피아노를 다시 전공해볼 생각이 없느냐고 물어봤다는 이야기를 쑥스러운 듯 전하기도 했다. 백 프로 농담은 아니었던 것 같았다는 너의 말에 그래, 백 세 시대잖아, 한번 진지하게 생각해봐, 하고 내가 웃으며 답하기도 했지.

만난 지 얼마 되지 않아 너희 집에 놀러갔을 때 그 좁은 원룸에 산더미같이 쌓여 있던 클래식 음반들을 보며 동네에서 레코드 가게를 하시던 할아버지에게 유품이라도 받은 건가 싶었는데, 모두 네 수집품이라는 사실에 놀랐던 기억이 나. 성악이나 바이올린 음반은 한 장도 없이, 오직 피아노 음반뿐이었지. 음악에는 문외한에 가까운 나조차 아는 연주자들부터 이름만 두 줄이 넘어가는 러시아 음악가들의 음반까지. 책은 두어 권 굴러다니는 것이 전부인 너의 책장에 가득 꽂혀 있었어.

나는 네가 집착적인 수집광이라는 사실을 모르고 만났으니까, 좀 놀랐던 것 같아. 하지만 너는 더할 나위 없이 맑은 얼굴로 내게 음반꽂이를 보여주었어. 어린 시절 피아노 연주를 너무 좋아했지만, 형편이 어려워져서 그나마 중고로 샀던 영창 피아노를 헐값에 팔아넘길 수밖에 없었다고, 중고 피아노 매매업자들이 너의 피아노를 트럭에 싣고 가는 동안 골목 끝까지 트럭의 뒤꽁무니를 따라 뛰어가며 울었다는, 피아노 음반 수집광의 비화치고는 꽤 뻔한 이야기를 들려주었어. 대학생이었던 그때의 네가 시간이 흘러 집이 생기고 차가 생기고 여유가 생기자마자 피아노를 배우고 싶다고 하는 게, 사실은 놀랄 일도 아니었지. 돌이켜보면, 예전부터 머릿속으로 너와 함께 살아갈 집을 상상할 때마다 방 한구석에 늘 피아노 한 대가 놓여 있었던 것 같아. 이제 정말 너와 함께 살게 되었지만, 이 집의 많은 부분이 나의 상상과는 다른 모습이지만, 가장 다른 것이라면 피아노가 없다는 것. 그리고 개가 있다는 것일 거야.

피아노를 사려고.

네가 말했을 때, 나는 그러라고 답하면서, 개는 여전히 있지만 그래도 피아노를 들여오기로 했으니 우리의 현재는 조금 더 과거의 내가 상상한 미래와 비슷해지려나, 라는 생각을 했고, 그 생각을 끝내기도 전에 네가 덧붙였어.

피아노를 새끼 강아지랑 교환하기로 했어.

나는 깜짝 놀라 너를 쳐다봤어.

내가 주말에만 레슨을 가잖아, 평일에도 가끔 연습실에 가지만, 너도 알다시피 그건 한계가 있고. 원장님도 당연히 그 사실을 알고 계셨거든. 피아노를 사면 실력이 더 금방 오를 거라고 늘 안타까워하시더라고. 안 그래도 요즘 새로운 곡을 시작하면서 퇴근하고 잠깐이라도 연습을 하면 좋겠다는 생각을 하던 중이었는데, 아파트라 방음도 어렵고, 괜찮은 피아노는 중고여도 가격이 좀 나가서 고르기가 쉽지 않더라. 그런데 마침 은퇴하신 음대

교수님 부부가 갖고 계시던 피아노들을 처분하는 중이래. 노후를 지방에서 보내실 예정이라나봐. 피아노 학원에 혹시 피아노 더 필요 없느냐고 원장님한테도 물어보셨는데, 원장님이 내 생각이 나서 말씀하셨다고 하더라고.

말하는 동안 너의 얼굴은 점점 더 밝아지고 있었어. 나는 어쩐지 너에게서 한 걸음 물러서고 싶어졌어. 너는 내가 물러난 만큼 다가와 말을 이어갔어.

야마하 업라이트피아노인데 계속 치던 거라 조율도 잘 되어 있고, 관리도 괜찮게 되어 있을 거래. 근데 그 집에 얼마 전에 키우던 개가 죽어서, 다른 개를 키울까 하던 와중이라 하시더라고. 새로 이사갈 집에는 마당도 있나봐. 원장님이 우리집에 새끼들 태어난 거 알고 계시거든. 그래서 먼저 물어보셨대. 피아노 사려는 학생 집에 강아지들이 태어났는데 한번 물어봐줄까 하고. 그러니까 새끼 강아지 한 마리를 주면 피아노를 그냥 주신다고 했대. 아내분이 아직도 슬픔에 빠져 있는 남편 교수님한테 서프라이즈로 선물하실 거라고 하더라. 어차피 다섯 마리를 우리가 다 키울 수도 없을 거 아니야.

나는 한 걸음 더 물러서고 싶었지만, 바로 뒤는 이제 벽이었고, 더이상 움직일 수 없었어. 너는 한없이 기쁜 얼굴로 말했어.

그래서 부탁이 있어. 피아노 주인에게 강아지를 전해줘.

그 집에서 피아노를 처분해야 하는 날은 이틀 뒤라고, 그날 출장이 잡혔는데 도무지 뺄 수가 없다고, 용달 업체를 불러두었으니 피아노는 그날 오후에 도착할 거라고, 오전중에 가서 강아지를 전해주고 오기만 하면 된다고. 개를 키우던 집이라 이미 필요한 용품들은 다 갖추고 있다 하시더라고. 너는 내게 말했지.

다음날, 그러니까 어제, 너는 작은방에 방음 작업을

시작했어. 사람을 불러 방음문을 달고, 스티로폼 같은 것을 잔뜩 사와서 벽에 붙였어. 하루종일 드릴로 벽을 뚫는 소리에 정신이 하나도 없었지. 나는 그날 하루는 일하기를 포기해야겠다고 생각하고, 거실에서 개를 쓰다듬고 있었어. 새끼를 낳고 경계심이 심해진 개는 시끄러운 소음에 한층 더 불안해진 것 같았어. 거실을 몇 바퀴 돌다가, 내게 몸을 조금 맡기고 있다가, 다시 개집 안으로 들어가 새끼들을 핥아주기를 반복했어.

태어난 지 삼 주 정도 되자 새끼들은 검은 털이 꽤 부숭부숭해져서 이전의 벌레 같은 모습은 찾아볼 수 없고 믿을 수 없이 귀엽기만 했어. 모두 며칠 전에 눈을 떴지만 아직 짖지는 못했어. 밤낮 가리지 않고 희미하게 낑낑거리는 소리를 내는 게 다였어. 아직 엷은 막이 눈을 감싸고 있어서 새끼들의 눈빛은 불투명했어. 가끔 개집에서 꺼내어보면, 새끼는 세상을 바라보는 스스로가 신기한 것처럼 초점도 없는 눈을 그냥 계속 뜨고 있곤 했다.

새끼들을 안아올릴 때마다, 개는 짖거나 물지도 않고 그저 우리의 손을 보고 있었어. 새끼를 놓친다면 곧장 달려들기라도 할 것처럼. 손에 들린 새끼를 지켜보다가, 우리의 발치를 빙빙 돌다가, 다시 새끼를 보다가 하는 개가 안쓰러워서 나는 새끼를 잘 꺼내보지 않았어.

　우리는 다섯 마리가 어느 정도 자라면, 그러니까 개가 임신했던 기간만큼, 최소한 두 달 정도는 개의 곁에서 크게 한 다음, 젖도 떼고 이도 나고 짖기도 하고 그럴 때, 주변의 좋은 사람들에게 분양을 보내기로 했었지. 가끔 개를 데리고 찾아가거나, 그들이 새끼들을 데리고 우리 집에 찾아올 수 있도록. 개와 새끼가 헤어진 이후에도 가끔은 서로의 안부를 확인할 수 있도록. 네 말대로 시골 엄마에게도 한 마리, 믿을 만한 지인들에게 두세 마리, 그리고 개의 곁에 한 마리는 남겨두고 우리가 함께 기르기로 했어. 새끼들이 모두 떠난다면 개는 견디지 못할 수도 있을 것 같았으니까. 너는 마음 같아선 다섯 마리를 모두 기르고 싶다며, 마당 있는 집으로 이사갈까,

개집 안에서 꼬물거리는 새끼들을 보며 말하기도 했다.

아직 삼 주밖에 안 됐잖아.

피아노와 강아지를 교환해 오라는 너의 부탁을 듣고 내가 말하자, 너는 조금 얼굴을 붉히며 답했지.

그래도, 그날이 아니면 안 돼. 좋은 분들일 거야. 한 마리를 조금 일찍 보낸다고 생각하자.

나는 너의 부탁을 거절하지 못했어. 하지만 네 얼굴을 쳐다볼 수 없었어. 무엇보다 그 순간에 네가 없다는 게. 개와 새끼의 첫 이별에, 처음이자 영원한 이별의 순간에, 어쩌면 이 집에서 발생할 수 있는 가장 큰, 가장 첫번째인 비극의 순간에, 너는 이 집의 구성원이 한 번도 아니었던 사람처럼, 이 집에서 일어나는 일들에 아주 조금의 책임도 없는 사람처럼 멀리 떠나가 있다는 게. 개와 닮은 검은 털을 가진, 아직 짖지도 못하는 작은 새끼를 내 손으로 이동장 안에 넣고, 엘리베이터를 타고 내려가 택시를 타고, 일면식 없는 집으로 데려가야 한다는 사실에. 도저히 전과 같은 얼굴로 너를 볼 자신이 없었어.

내가 새끼를 전해주고 돌아오면, 얼마 되지 않아 벨이 울리고, 피아노 한 대가 집안으로 들어오겠지. 네가 어제 하루종일 열심히 방음 처리해둔 작은방의 한쪽 벽에 놓이게 되겠지. 출장에서 돌아온 너는 설치된 피아노를 보고 아주 기뻐할 거고. 그날 저녁에도 너와 개는 함께 산책을 가겠지.

나는 내가 사는 집에 들어온 그 피아노를 어떤 마음으로 바라보아야 할까. 주먹만한 강아지와 교환되어 온 그 거대한 악기를.

그렇다면 개는? 저 물건이 자신의 새끼 대신 이 집에 들어온 거라고는 꿈에도 상상하지 못할 우리의 개는, 어쩌면 평생토록 우리와 함께 살며 피아노가 연주되는 소리를 들어야 할 개는, 이 모든 일을 무엇이라 여기게 될까.

원장님은 너의 손목 안쪽에 본인의 두 손가락을 올리며 그런 말을 했다고 했지. 피아노를 맥박처럼 치라고. 일정하되 기계적이지 않게. 생명의 리듬은 기계적인 것과 반대에 있다고 말했다고 했지.

집안에 피아노 소리가 일정하게 울려퍼질 때마다, 나는 어떻게 하면 새끼 강아지의 맥박을 떠올리지 않을 수 있을지 모르겠어.

무엇보다 개가, 나를 어떻게 생각할까. 새끼를 들고 문밖으로 나가 새끼 없이 돌아온 나를.

개가 나의 사과를 받아줄 날이 올까.

오늘 아침 너의 부탁이 떠올랐을 때, 떠오르자마자 개가 짖었을 때, 나는 그래서 네가 일부러 얼음을 두고 간 것이 아닐까, 하는 의심이 미약하게나마 들었던 거야. 녹아가는 얼음은 어쩐지 이별의 순간을 부추기고 있는 것 같았으니까.

나는 개로부터 고개를 돌려 식탁 위에 놓인 얼음을 바라보았어. 내 모습은 얼음 속에 갇힌 것처럼 보였어. 얼음이 녹으면 얼음 속의 상들은 어떻게 되는 걸까. 얼음 속에 잠시 살았던 순간들은 어떻게 녹아 공기 중으로 사라지는 걸까. 잠깐 그런 생각을 하면서.

얼음의 밑에는 조금 전까지 얼음이었던 물이 조금 고여 있고, 나는 얼음을 집어 싱크대 안에 넣어버릴 수 있었지만, 그리고 젖어 있는 식탁의 표면을 닦아낼 수도 있었지만, 그 자리에 서서 계속 얼음을 보고 있었어. 그러나 결국 나는 얼마 있지 않아 얼음을 버리고, 식탁을 닦았어. 식탁은 늘 그렇듯 그 자리에 있었고. 언제 얼음이 있었냐는 듯 거기에 그대로 있었고. 나는 어쩐지 손이 더러워진 기분이 들어서, 손이 더러워지자 몸이 다 더러워진 기분이 들어서, 샤워를 하고 나왔어.

개는 내가 준 밥을 말끔히 비우고 새끼들에게 젖을 먹이고 있었다. 다섯 새끼들은 같은 날에 태어난 게 맞나 싶게 덩치 차이가 많이 났어. 작게 태어난 아이들은 자라도 여전히 작았고 크게 태어난 아이들은 점점 더 덩치가 커지고 있었어. 그래봤자 모두 두 손 안에 담기는 크기였어.

조금 전에 핥아주었는지 새끼들의 검은 털이 약간 젖어 있었어. 아침햇살을 받고 까맣게 반짝이고 있었어.

개가 개집 안을 들여다보는 나를 바라보았어. 자랑스러운 얼굴이었어.

도서관―꿈

길은 두 개였다. 하나는 해변을, 다른 하나는 학교를 향해 있었다. 기숙사 문을 등진 채 R은 매일 아침 고민했다. 어디로 가야 하나?

R이 해변을 향한다면 그것은 자연스러운 일이었다. 학교를 향한다면 R이 도서관을 좋아하기 때문이었다. R은 서가에 꽂혀 있는 책 제목의 절반을 이해할 수 없었다. 내용은 절반의 절반도 이해하지 못할 것이었다. 도서관에서 R은 주로 낮잠을 잤다.

오전 수업을 마친 R은 서가 사이를 한참 동안 걸어다녔다. 책등에 적힌 글자들 중 이해할 수 있는 단어는 환했고 이해할 수 없는 단어는 어두웠다. 빛과 어둠이 비슷한 비율로 책장을 이루고 있을 때 R은 기분이 좋아졌다. 그중 아는 단어가 한두 개쯤 들어 있는 제목의 책을 골라 구석 자리로 갔다. 그곳에 엎드려 해질 때까지 잠을 잤다.

　　소리를 내지 않는다면 R이 이곳에서 잠을 자든 밥을 먹든 누구도 알 수 없었다. 아무도 R을 쫓지 않았지만 R은 숨죽여 잠을 잤다. 낮잠을 자는 동안 R은 이 나라의 언어로 꿈을 꾸었다. 서울에 사는 가족들이 등장해 말도 안 되는 외국어로 대화를 나누기도 했다. 하지만 그런 일은 아주 가끔이었고 웬만해서는 꿈을 기억하지 못했다. 대개 내용은 사라지고 감정만 남아 있었다. 눈을 뜨면 기쁘거나 슬프거나 뒤숭숭했다. 그러면 R은 꿈이 기쁘거나 슬프거나 뒤숭숭했구나, 하고 짐작했다. 꿈의 줄거리나 장면은 읽을 수 없는 말로 이루어진 책의 내용처럼 노력해도 가질 수 없었다. 늦은 오후 고개를 든 R의 이마에는 빨갛게 눌린 자국이 남아 있었다.

　도시는 흰색이었다. 만년설처럼 눈부신, 색보다 빛에 가까운 그런 흰색이 아니라 불투명하고 얼룩진 흰색이 전경을 이루고 있었다. R은 흙탕물보다 탁한 흰색이 존재한다는 사실을 이곳에 와서 처음 알았다. 하늘은 온전히 갠 적이 없었다. 고개를 들면 모든 곳이 빈틈없이 희었다. R은 예전에는 흩어진 구름의 색이라고 생각했던 저 흰빛이 사실 대기 자체의 색깔임을 알게 되었다. 콘크리트 바닥 위로 여기저기 솟아 있는 건물들도 희었고 금이 가 벌어진 외벽의 틈새에서도 뿌연 가루가 떨어졌다. 그 아래를 지나다니는 사람들의 얼굴도 희었으며 낮게 중얼거리는 목소리들도 희었다. 도서관에서 십오 분을 걸어나가면 도착하는 해변조차 온통 흰색이었다. 그곳에는 모래가 없었다. 바다와 맞닿은 땅에는 주먹만한 자갈들이 굴러다녔는데 모두 흰색이었다. 흰색의 농도는 자갈마다 달랐다. 창백한 파도가 드리우는 그림자만이 수면 위로 검게 드러났다 사라지기를 반복했다.

낡은 도시였다. 거리마다 조악한 콘크리트 건물들이
즐비한 이유는 전쟁 이후 사람 살 곳을 급하게 지어올렸
기 때문이라고 했다. R의 학교도 마찬가지였다. 교실에
서도 카페테리아에서도 은은한 석유 냄새가 났다. 모서
리 없이 매끈한 사다리꼴 모양의 구층짜리 도서관은 도
시에서 가장 세련된 신축 건물이었다. 학교 건물을 빠져
나와 도서관으로 향할 때 R은 배를 타고 다른 대륙으로
건너가는 듯한 기분이 들었다. 해변을 향해 있는 건물의
통창은 영화관 스크린처럼 이질적인 풍경을 상영하고 있
었다. 도시의 끝자락에서 바다가 빨랫줄에 널린 홑이불
처럼 힘없이 넘실거렸다. 높은 층으로 올라갈수록 더 먼
바다가 보였다. R은 그곳에 둥지를 틀어놓은 듯 언제나
맨 꼭대기 층 구석 자리를 찾아갔다.

그날도 R은 서가 사이를 걷고 있었다. 일층을 걷고,
이층을 걷고, 삼층을 걸었다. 일층의, 이층의, 삼층의 책

들을 스쳐지나갔다. 도서관 계단은 나선형이었고 층마다 천장이 높아 한참을 빙글거리며 올라야 했다. 건물의 가운데는 텅 비어 있었으며 서가는 가장자리로 이어졌다. 사층, 오층, 육층을 오르는 동안 R은 이곳의 유일한 동양인이었다. 눈에 띌 법도 했지만 R은 조용히 걷는 편이었다. 책장들 사이에 R이 멈춰 있을 때 그는 한 권의 책처럼 온전히 숨겨졌다. 도서관의 모든 것이 R의 은신을 돕는 것 같았다.

칠층, 팔층을 지나 구층에 이르러 R의 눈에 띈 책의 제목은 '원형의 폐허들'이었다. R은 '폐허'라는 단어는 몰랐지만 '원형'이라는 단어는 알고 있었다. 손을 뻗어 책을 당겨 뽑았다. 책장에 책들이 밀도 높게 꽂혀 있던 탓에 힘을 준 손끝이 조금 벗겨졌다.

책을 들고 걸어나오던 R은 문득 계단 아래를 내려다보았다. 구층에서 내려다본 건물의 아래는 까마득했다. 만약 여기에서 발을 헛디딘다면? R은 상상했다. 난간을 넘어 머리부터 거꾸로, 허공을 수직으로 가르며 떨어지다 마침내 쾅, 하고, 비명보다 먼저 커다란 파열음이 도서관 전체에 울려퍼진다면? 깜짝 놀라 몰려드는 사람들과, 서가 근처로 흐르며 바닥을 흥건하게 적시는 피와 산산조각난…… 그 모든 것과, 이 핏기 없는 도시의 건물 안에 자신의 육체가 서서히 스미는 장면, 그 곁에 펼쳐진 '원형의 폐허들'……

R의 하반신이 아찔해졌다. 살짝 풀린 다리로 걸으면 발뒤꿈치 끄는 소리가 도서관 전체에 작은 비명처럼 퍼져나갔다. 혼자 발끝에 비명을 달고 걷는 기분이 나쁘지 않았다. 책을 옆구리에 낀 채 R은 언제나처럼 구석으로 갔다. 자리에 앉아 펼쳐보았으나 온통 모르는 단어였다. R은 페이지 사이에 고개를 파묻었다. 통창 너머로 안개가 자욱했다.

*

여기까지 쓰고 나서, ㄱ은 창밖을 바라보았다.

ㄱ은 도서관에서 소설을 썼다. R과 달리 ㄱ은 도서관 장서들의 제목을 대부분 이해할 수 있었다. 내용도 마찬가지였다. ㄱ은 한국어로 시와 소설을 쓰는 한국 작가였다. ㄱ의 글에 어째서 R과 같이 국적이 불분명한 인물이 자꾸만 등장하는지, 그것은 ㄱ에게도 의문인 지점이었다.

맑은 날이었다. 서울의 풍경은 언제나 다채로웠다. ㄱ은 그중에서도 종로를 가장 좋아했다. 종로는 서울에서 시간의 흐름이 가장 단절 없이 기록된 공간이었다. 이곳에 누적된 시간의 지층 어딘가에서 ㄱ이 글을 쓰고 있는 이 도서관도 지어졌을 것이다. 도서관은 야트막한 언덕에 위치해 있었고 삼층짜리 건물이 전부였다. 창가 자리에 앉아 ㄱ은 글을 쓰다, 종로의 풍경을 내다보다 했다. 생기 있는 얼굴의 사람들이 거리를 지나다녔다.

보르헤스의 「원형의 폐허들」에는 "그는 한 인간을 꿈

구고 싶었다. 그는 세심한 완벽함을 가지고 그를 꿈꿔 현실 속에 내놓고 싶었다"라는 문장이 등장하며 ㄱ에게 꿈이란 무의식의 글쓰기와 다름없었기에, R에 대한 글을 쓰는 시간이 ㄱ에게는 그를 꿈꾸는 시간과 유관한 것이었고, 그렇기에 ㄱ은 보르헤스의 문장을 통해 R과 자신의 관계를 연상할 수 있었다.

사실 ㄱ과 R은 유사한 면이 많았다. 이를테면 불문학을 전공한 ㄱ은 학부 시절 프랑스에서 일 년 정도 교환학생 생활을 한 적이 있고, 노르망디에 위치한 그 도시의 역사와 풍경은 R이 사는 그곳과 굉장히 흡사했으며, R이 다니는 대학, R이 좋아하는 도서관의 모습과도 크게 다르지 않았다. ㄱ은 종로의 도서관을 좋아하듯 그곳의 도서관을 좋아했고 나선 계단을 오르내리며 이해할 수 없는 제목의 책들 사이를 걸어다니기를 즐겼다. ㄱ은 도서관의 유일한 동양인이었다. 세심한 완벽함을 가지고

• 호르헤 루이스 보르헤스, 『픽션들』, 황병하 옮김, 민음사, 1994, 92쪽.

꿈꿔낸 소설 속의 R? R은 ㄱ의 변주이거나 어쩌면 ㄱ이 R의 변주라고 보아도 좋을 것이다.

글쓰기를 마치고 나면 ㄱ은 기쁘거나 슬프거나 뒤숭숭했다. 글의 줄거리나 장면은 ㄱ의 손끝에서 흘러나온 것이라 할지라도 다시 읽으면 언제나 생경했다. 적히기 전에도, 적힌 후에도 자신이 쓴 글은 언제나 가질 수 없는 타자였다. ㄱ이 쓴 글에는 언제나 ㄱ에게 속하지 않는 영역이 있었다. 비록 ㄱ이 작가라 할지라도 R을 비롯한 등장인물들과 소설 속 작은 소품 하나하나에는 그들만의 독립된 생이 존재했다.

ㄱ은 의심을 시작했다. 혹시 나도, R과 같이 누군가에 의해 글로 쓰인 존재라면? 종로에 위치한 삼층짜리 도서관 역시, 나선형 계단이 있는 R의 구층짜리 도서관과 같이 누군가의 회상 혹은 상상의 일부라면? ㄱ이 읽고 쓰는 한국어도, 한국어로 된 책도 모두 종로가 배경인 꿈의 일부를 위한 설정이라면? ㄱ은 조금 당황스러웠다.

ㄱ과 ㄱ이 사랑하는 모든 것들의 윤곽이 누군가의 묘사에 의해 주어진 이미지라면, ㄱ을 이루는 미시세계의 모든 입자들이 누군가의 생각을 구성하는 질료이며, 글자들이 만들어낸 추상이라면, R이 ㄱ의 손과 시간과 애정을 빌려 존재하듯이, 그러나 독립적으로 존재하듯이, ㄱ 역시 그의 손과 시간과 애정에 기대어 발생한 존재일지도 몰랐다. 이 세계의 표면에 떠오르는 다채로운 색들도, 빛과 어둠도, R이 사는 도시를 이루는 탁한 흰색처럼 누군가의 상상이 빚어낸 장면일지도 몰랐다.

ㄱ은 다시 「원형의 폐허들」의 한 대목을 떠올렸다.

"안도감과 함께, 치욕감과 함께, 두려움과 함께 그는 자신 또한 자신의 아들처럼 다른 사람에 의해 꿈꾸어진 하나의 환영이라는 것을 깨달았다."•

• 호르헤 루이스 보르헤스, 같은 책, 100쪽.

ㄱ은 앉은 자리에서 도서관을 둘러보았다. 서가에 수많은 책들이 꽂혀 있었다. 그 속에 더 수많은 인물들, 누군가에 의해 적히고 꿈꾸어진 인물들이 살아가고 있었다. 그러나 그들은 결코 책 밖으로 나올 수 없다. ㄱ이 살아가는 이곳이 책 속이라면, ㄱ 역시 나갈 수 없기는 마찬가지일 것이다.

그러나 ㄱ은 발을 헛디뎌 자신의 삶이 적힌 책의 바깥으로 추락하는 상상을 했다. 도서관을, 종로를, 서울을, 한국을, 이 시공간을 넘어 머리부터 거꾸로, 허공을 수직으로 가르며 떨어지다 마침내 쾅, 하고, ㄱ의 비명보다 먼저 커다란 파열음이 울려퍼지는 순간, 깜짝 놀라 몰려드는 사람들과, 바닥을 흥건하게 적시는 피와 산산조각난 그 모든 것, ㄱ의 육체가 책 밖의 시공으로 서서히 스미는 장면, 그 곁에 펼쳐진 한 권의 '원형의 폐허들', 그리고 그의 옆에서 함께 피 흘리며 누워 있는 R의 모습을……

ㄱ은 자신에게 주어진 길이 두 개임을 깨달았다. 하나는 책 안을, 다른 하나는 책 밖을 향해 있었다. ㄱ이 책 안을 향한다면, 그것은 자연스러운 일이었다.

　그러나······

유령—얼굴

유령에 대해서 쓰지는 말아야지 생각했지만
생각만으로는 되는 게 없었다
나는 그저 유령이었고
그건 내가 아닌 당신의 인생이었으니까[•]

어린 시절 놀이공원에서 귀신의 집 혹은 유령의 집
에 들어갔던 기억을 떠올려본다. 그곳에서 내가 표면적
으로 바랐던 것은 무서운 대상들과 마주치기, 함께 입장
한 친구들과 서로를 붙잡고 비명 지르기, 출구를 빠져나
와 밝은 빛 아래에서 안심하기 등이었다. 그러나 욕망의
안쪽을 다시 들여다보면 어둠 속을 통과하는 내내 유령
들이 어떤 방식으로든 자신의 역할로부터 미끄러져나와

[•] 송승언, 「먼저 본 일에 대해 변명함」, 『사랑과 교육』, 민음사, 2019, 57쪽.

인간으로서의 얼굴을 잠깐 드러내기를 기대했던 것 같다. 성인이 된 지금 유령의 집을 걸으며 뒤에서 사람이죠? 사람인 거 다 알아요! 외치는 어린이의 목소리를 듣는다면, 이 무언의 역할극에 점잖은 척 참여하고 있지만 나 역시 유령의 가면을 들추고 그렇게 말하고 싶은 충동을 품고 있었음을 알게 될 것이다.

유령의 내부에 인간이 있다는 것. 이는 유령의 집이라는 단일한 공간의 규칙인 것 같지만 유령-표상이 등장하는 모든 매체의 창작물에서 통용되는 전제이기도 하다. 유령의 집에서와 마찬가지로 우리는 창작물에 출현하는 유령을 통해 유령 자체를 보고자 하지 않는다. 사실 유령 자체라는 개념 역시 의심스럽기는 마찬가지다. 유령의 표상이 고안된 맥락은 너무 넓고 오래되어 가늠하기가 쉽지 않고 유령(ghost)이라는 단어에는 죽은 인간이라는 의미가 이미 포함되어 있다. 문학 속 유령의 등장 역시 유령의 얼굴 안에서 인간을 확인하고자 하는 의지를 작동시키기 위한 장치로 활용되고는 하는데, 그리하여 우리의 유령들은 종종 인간보다 인간적인 것처럼 보인다. 어쩌면 우리가 유령에게서 발견하고 싶은 것은 결국 모종의 인간성이 아닌가? 내가 유령이라면 스스로의 존재가 인간에 의해 발명된 허구일지언정 다소 억울하기는 할 것 같다.

"유령의 일원으로서, 언제부터 이러한 장밋빛이 나의 피부를 감싸고 있던 것인지, 심장 쪽에 붉은색 등이 켜진 것처럼(우리에게 심장이 있다는 가정하에) 어째서 이 빛이 내부로부터 표면까지 침투하는 것인지 알 수 없었고, 장밋빛의 농도는 시간이 지남에 따라 미세하게 짙어졌기에, 우리끼리는 그때그때 나이를 가늠하기 어렵지 않았지만, 수줍으면 피가 몰리듯 얼굴에 장밋빛이 몰리기도 하였으므로, 가끔은 너무 인간적이라고 놀림을 받았습니다."

위 문장은 내가 쓴 시들 중 유령이 화자로 등장하는 「농담과 명령」*의 일부분이다. 인간적이라는 말이 조롱

으로 사용되는 유령 공동체가 이 시의 주된 묘사 대상
이다. 「농담과 명령」은 장시이며 시의 장르적 특질과 유
사한 비율로 소설, 희곡, 동화 등의 특질을 함께 보유하
고 있다고 생각하는데, 이때 유령의 등장은 그중에서도
우화적 장치와 가장 유관한 것으로 느껴진다. 유령들의
인간성 때문이다. 시에서 유령-표상은 기본적으로 인간-
표상의 대립항으로 등장한다. 그러나 유령은 결국 존재
의 양상을 더 구체적으로 드러내기 위해 고안된 부재이
며 따라서 인간의 다양성에 기댈 때 유령의 다채로운 이
미지 역시 획득된다. 「농담과 명령」에서는 늙은 유령, 젊
은 유령, 꼰대 같은 유령, 반항하는 유령, 기뻐하거나 좌
절하는 유령 등이 등장하며, 그중 어리둥절해하는 유령
이 화자의 역할을 맡았다. 「농담과 명령」에 등장하는 유
령 화자와의 간략한 가상의 대화를 구성해본다면 다음
과 같다.

● 시집 『세트장』에 수록되어 있다.

유령: 어째서 신, 천사, 영혼, 귀신이 아닌 '유령'을 화자로 택하였습니까?

나: 유령은 인간들 사이에서 공유되는 형상이 비교적 명확합니다. 무엇보다 유령은 귀엽다고 느껴집니다. 신처럼 전능하거나 천사처럼 선하지도 않고, 영혼만큼 추상적이거나 귀신만큼 무섭지도 않아요. 젠더 구별도 가장 없는 것 같고요. 논바이너리적이죠.

유령: 유령들을 다소 소심한 성격의 공동체 친화적인 존재로 그리셨는데, 이유가 있습니까?

나: 그편이 인간적으로 느껴지기 때문입니다.

유령: 인간을 드러내기 위해 유령의 존재를 도용했다는 혐의로부터 자유롭다고 생각하십니까?

나: ……

유령: 유령에 대한 시를 다시 쓸 예정이 있습니까?

나: 저도 유령에 대해서 쓰지는 말아야지 생각했던

적이 있습니다. 그러나……

*

 유령은 인간보다 질량이 적다. 물리적으로도(?) 그렇고 의미론적으로도 그렇다. 자크 데리다가 "유령의 문제는 부재와 현존, 가시적인 것과 비가시적인 것, 생명체와 죽은 것, 반복, 애도 및 상속, 합성 이미지, 가상공간 등 거의 모든 불분명한 문제들과 연관되어 있거나 거의 모든 불분명한 주제들을 표현할 수 있기 때문이다"•라고 적었듯 유령은 얼마간 비어 있는 공간이므로 그 속에 다양한 관념들이 거주할 수 있지만, 유령의 형태라는 제한적인 테두리에 둘러싸여 있기에 의미는 유한하며 반복된다. 이 반복의 방향을 틀기 위해 나는 우리가 새로운 유령을 발명하는 대신 유령의 맥락을 변경해왔다고 생각한다. 이를테면 죽음 이후의 섬뜩한 존재, 못된 짓을

• 자크 데리다 · 베르나르 스티글레르, 『에코그라피』, 김재희 · 진태원 옮김, 민음사, 2014, 59쪽.

저지르는 악령 대신 유희의 대상으로서의 유령에 좀더 무게를 싣는 방향으로 유령의 얼굴을 재구성해왔다는 뜻이다.

어디까지나 가설이지만 〈꼬마 유령 캐스퍼〉나 '해리 포터 시리즈'를 관람하며 자라온 나 같은 90년대생들에게 유령은 더이상 섬뜩하거나 무서운 대상이 아니다. 이 시대의 시에 등장하는 유령들 역시 죽음이라는 맥락을 상당 부분 유실하고 유령의 조형성, 심미성, 유희성을 중심으로 재현된다. 이전 시대의 시들에서 유령이 애도의 대상 혹은 현대 사회에서 존재감이 희미하거나 안전하게 정초된 정체성을 갖기 어려운 부유하는 인간에 대한 상징으로서 등장하는 경우와는 상이한 양상이다.

유령은 기억하고 욕망하고 표현하며 반투명한 육체에 여전히 깃들어 있는 인간성을 드러낸다. 유령의 맥락이 변경된 것은 비단 근래의 일만은 아니다. 셰익스피어 연극에서 유령은 갑옷을 입은 모습으로 등장하는 것이 일반적이었다. 갑옷이라는 것이 시대에 뒤떨어진 옷차림,

즉 과거를 상징하기 때문이었다. 이후 특수효과가 정교해지면서 유령을 연기하는 배우를 도르래를 이용해 무대 위로 내리는 일이 보편화되었는데, 이때 무거운 갑옷에서는 요란한 철컥 소리가 났고 이는 공포보다 웃음을 불러일으킬 위험이 있었다. 이 때문에 1800년대 이후에는 전통적인 수의를 입거나 안개가 자욱한 모습으로 유령을 묘사하였고, 시간이 흐름에 따라 수의는 유령의 상징으로 여겨지게 되었다. 이때 유령은 흰 천 아래에 몸이 없음을 보여줌으로써 육체성을 한층 덜어내었다. 그러나 눈구멍이 뚫린 흰색 식탁보나 침대 시트를 걸친 유령의 형상은 어린아이들에게조차 그리 공포스러운 모습이 아니었기에 유령은 다소 우습고 덜 위협적인 대상으로 변화하였다.*

공포란 미지를 향해 증폭되며 기지를 통해 축소되고 그로 인해 죽음의 알 만한 형태인 유령은 축소된 죽음

---

* https://tvtropes.org/pmwiki/pmwiki.php/Main/BedsheetGhost 참조.

의 공포 그 자체이거나 죽음과의 조우라는 충격적인 사건을 위해 기능하는 완충재 역할을 하기도 했다. 죽음의 공포는 얼마간 영원한 상실에서 기인하는데, 유령은 죽음으로부터 우리에게로 귀환했다는 바로 그 사실 때문에 죽음의 비극성을 희석하기 때문이다. 랑시에르는 재현이 그저 현실을 옮겨 그리는 것이 아니라 볼 수 있는 것과 알 수 있는 것의 관계를 조정해서 현실의 모델을 만드는 것이라고 설명한다. 우리는 재현을 통해 우리 주변의 것들을 볼 수 있고 알 수 있는 대상으로 변형시킨다.* 재현된 유령을 겪으며 우리는 죽음과 보다 가볍게 접촉한다.

*

유령은 과거에 존재했던 실체의 반영이거나 잔해라는 점에서 과거적 시간성을, 이곳에 현전한다는 점에서 현

• 윤원화, 같은 책, 71쪽 참조.

재적 시간성을 띤다. 모든 시간성이 뒤섞여 있는 듯 보이는 유령에게 상대적으로 결여되어 있는 것은 미래적 시간인데, 유령의 존재는 늙지도 변화하지도 않기에 언제나 연장된 현재로 환원되기 때문이다. 유령이 등장하는 순간, 텍스트의 흐름에 따라 선형적으로 읽히던 시의 시간에는 유령의 시간이라는 한 겹의 레이어가 추가된다.

유령의 특징이라고 불릴 만한 것들을 헤아려본다: 반투명함, 느린 움직임, 눈구멍이 뚫린 흰색 식탁보, 어디든 통과하는 희미한 몸, 차가움, 쓸쓸함…… 시에서 개별 유령의 무늬는 잘 포착되지 않는다. 유령은 유령이라는 무늬가 되어 시를 채색한다. 시의 신에 의해 고용되어 여러 시들에 출연료도 없이 등장하느라 피로해진 이 유령을 편의상 '유령 a'라고 부르자. 유령 a는 모든 시에 등장하는 모든 유령이다. 유령 a는 안개를 질료로 한다. 유령 a는 가시적인 것과 비가시적인 것의 연결을 수행한다. 수행하는 척한다. 유령 a는 시의 착란을 제압한다. 유령 a는 바쁘지만 쓸쓸하다. 유령 a는 유령 b, c, d인 척하며 시의 허공에 떠 있는 추상에 숨을 불어넣고 열심히 물성을 빚는다. 마치 유령의 집에 고용된 유령들처럼 그렇게……

침대 시트나 가발이 벗겨지거나 하여 유령의 존재가 인간의 연기였음이 드러나는 순간, 유령은 유령으로서의 역할로부터 잠시 이탈하고 그 속에 실은 너무나 인간다운 몸이 있다는 사실이 발설된다. 발설이라기에 그것은 이미 암묵적으로 합의되었던 공공연한 진실의 재확인에 가깝다. 다 같이 속자고 약속한 게임이었던 것이다. 그러나 이 재확인을 통해 놀라게 하는 유령과 놀라는 인간 사이의 위계는 순식간에 무화되고 공간의 긴장은 누그러진다. 우리가 사실은 다 같은…… 그런 것이라는 사실에 의한 부드러운 안도감이 공기를 감싼다. 양자적 층위에서 언제나 확률적으로 존재하고 있는 우리는 언제나 인간보다 유령에 가까운 상태일지도 모르지만……

이 글의 제목으로 생각했던 '물로 자신의 백색을 헹구

는 유령'은 가스통 바슐라르의 『대지 그리고 휴식의 몽상』에 등장하는 "물로 자신의 백색을 헹구는 백조"[*]라는 표현에서 따왔다. 글의 내용과 유관할지 모르겠으나 이미지와 말이 예뻐서 빌려왔다. '물'과 '백색'이라는 의미심장한 단어로 인해 어떤 메타포로 읽힐 확률이 높지만 나는 이 표현에 개입될 여지가 있는 여러 층위의 가능성들을 소거하고 그저 동화적 상상의 영역에서만 읽고 싶다. 유령의 창백한 살과 내장이 상상의 거처가 되면 좀 어떤가 싶다. 공허에도 얼굴이 있다고 믿거나 공허에 얼굴을 만들어주는 편이 언제나 우리 마음에 낫기 때문이다.

---

[*] 가스통 바슐라르, 『대지 그리고 휴식의 몽상』, 정영란 옮김, 문학동네, 2002, 34쪽.

시─향

2022년 10월 28일, 플랫폼엘에서 개최된 'PACK WEEK 2022'의 일환으로 후각 예술가 김이단과 함께 퍼포먼스 〈후각의 시학〉을 진행했다. 작품 설명은 다음과 같다.

"시각, 청각, 촉각에 관한 묘사가 주를 이루는 현대시에서 후각의 양상은 살펴보기 어렵다. '향'과 '냄새'의 위계를 나누고 악취를 소거하는 도시계획은 예술 작품 속 후각의 부재를 가속한다. 퍼포먼스 〈후각의 시학〉에서 후각 예술가 김이단과 시인 김선오는 지각의 의식화 과정에서 배제되어온 '후각의 언어화'를 실험하는 동시에 역으로 '언어의 후각화'를 시도한다. 이러한 과정 속에서 두 퍼포머는 감각의 공백을 읽어내고 추적하며, 감각과 언어 사이에서 파생하는 또다른 생성적 가능성에 주목한다."

김이단은 퍼포먼스 일주일 전 나의 집으로 향료 세 종과 향 피우는 방법이 세심하게 적힌 종이, 과자 몇 개를 함께 보내주었다. 이 글은 퍼포먼스에서 낭독할 시를 쓰기 위해 미리 그가 보내준 향을 피워 맡는 동안의 감각 및 감흥을 기록한 텍스트다.

*

거실. 방석 위에 앉는다. 절 방석이다. 방석은 그 위에 사십 분 동안 무리 없이 앉아 있을 수 있을 만큼 크고 푹신하다.

조금 긴장된다. 혼자 향을 피우는 것은 처음이다. 향로를 바닥에 두면 향이 잘 맡아지지 않을 것 같다. 피아노 의자를 테이블로, 『문학과사회』(적당히 두껍고 앞뒤로 코팅이 되어 있다) 지난 호를 향로 받침으로 사용하기로 했다. 향로에는 무늬가 있다. 향로는 도자기이다. 검은 자갈로 향로를 채우고 그 위에 숯 조각을 얹었다. 라이터가 작은 것밖에 없어서 숯에 불을 붙이는 데 조금 애를 먹었다. 숯은 아주 조금씩 타들어갔다. 향로가 뜨거우니 만지지 말라고 했는데…… 만져보니 아직 그 정도는 아니다. 숯을 꺼내 불을 좀더 붙여보았다. 타는 면적이 약간 넓어졌다. 안내서대로 숯의 표면이 하얗게 되기를 기다리자. 숯 타는 냄새. 숯 타는 냄새는 낯이 익다. 숯은 나무다. 숯 타는 냄새는 나무 타는 냄새다. "나무는 숯의 기억이다"라고 적어본다. 거짓말이다. 숯은 나무의 다른 상태이기 때문이다. 다른 상태를 기억이라고 부를 수 있나. 숯은 여전히 숯인 나무다.

나무를 태워본 적 있다. 외갓집에서 우리가 밤마다 했던 놀이는 아궁이에 불붙이기, 불붙은 나뭇가지 꺼내어 휘저으며 놀기, 튀는 불똥 구경하기, 나뭇잎이 타들어가는 모양 보기, 마른 장작 주워 와서 아궁이에 넣기 등이었다. 외갓집 앞에는 문화재로 등재된 느티나무가 있었다. 삼백 살쯤 되는 것 같지만 확실하지 않다. 느티나무 아래에는 나뭇가지가 있었다. 가을에는 더 많았다. 나뭇가지를 주워 아궁이에 던져넣었다. 느티나무의 손발은 아닐 거고, 느티나무의 깎은 손톱 같은 것을 가져다 태운 것에 가까울 것이다. 오늘은 가을밤이다. 마지막 불장난으로부터 스무 해가 넘게 지난 지금, 나의 눈앞에서 작은 숯이 타고 있다.

작은 숯 앞에서 명상을 한다. 장난이 아닌 명상을. 사실은 명상 말고 장난을 하고 싶었는지도 모른다. 그러나 명상은 장난의 상태로 나를 이끈다. 비선골에서는 밤마다 타는 냄새가 났다. 우리가 불장난을 하지 않는 날에도 그랬다. 마당과 외양간이 있는 외갓집 뒤쪽에는 절이 있었다. 절에서도 늘 무언가를 태우고 있었다. 무엇을 태우고 있었던 것일까. 물어본 적은 없다. 절에 올라가면 스님들이 사탕을 주었다. 사탕을 입에 굴리고 불장난을 하면 사탕맛과 타는 냄새가 섞여서 났다. 그리고 엄마한테 혼나기. 등짝 맞기.

숯의 표면이 하얗게 익는다. 명상할 때 나는 보통 백사장 위에 앉아 있는 상상 속으로 들어가는데 오늘은 향로 안의 돌무덤 위에 내가 앉아 있다. 단지 집중해서 향을 맡았을 뿐인데 눈물이 날 것 같다. 앉은 채로 적었다. 감각과 언어는 머나먼 것이다. 북극과 남극보다도 멀다. 불을 다 꺼두었기 때문에 노트에 내가 끄적이는 글자들이 무엇인지 잘 보이지 않았다. 감각…… 그것도 후각……을 언어화하려는 시도를 하다니…… 지금 무슨 무모한 일을 하고 있는 것인지…… 후각의 언어화? 감각과 언어는 별개다. 감각적인 것처럼 보이는 언어가 있을 뿐이다. 감각과 언어는 북극과 남극보다도……

안내서에 따르면 1번 향료를 숯의 표면에 올려두어야 한다. 1번 향은 오 분간 맡을 수 있다. 어둠 속에서 더듬더듬 1번 향료를 찾았다. 동글동글한 알갱이들이다. 작은 불빛에 의지하여 두 알을 꺼내 숯 위에 올려두었다. 이 연기…… 낯이 익다. 불장난할 때 보았던 연기다. 찌개를 데우다 잠들어 냄비 바닥을 다 태우고 눈을 뜨니 온 집안에 가득했던 그 연기다. 스프링클러가 작동할까 조금 두려워진 나머지 입으로 불어 연기를 흩었다.

연기는 죽음과 가깝다고 쓴다. 이 문장은 거짓이 아닐 수도 있다. 아빠의 외할머니는 아빠를 무척 예뻐했다고 한다. 아빠는 이십대 때 치매에 걸린 외할머니를 이 년 동안 간병했다. 기저귀도 직접 갈아드렸다. 어느 날 부엌에서 밥을 먹다가 문득 뒤를 돌아보니 열린 창문으로 연기 같은 것이 빠져나가고 있었고, 이상한 직감에 방으로 들어가보니 외할머니는 이미 돌아가신 상태였다. 아빠는 지금도 그 연기가 외할머니의 영혼이라고 생각한다고 했다.

연기는 죽음과 가깝지만 이 향은…… 좋지도 나쁘지도 않다고 생각한다. 내가 향을 좋음과 나쁨으로만 구별할 만큼 협소한 기준을 갖고 있음을 깨닫는다. 집중하자. 감은 눈 속으로 색깔이 떠오른다. 아마도 유사한 냄새를 가진 어떤 대상의 색채적 인상이 먼저 소환되기 때문일 것 같다. 이 향은 탁한 노란빛이다. 이유는 모르겠다. 색채만 떠오르고 대상은 기억나지 않는다. 기억의 연결고리가 끊어진 느낌이다. 촉발된 기억에 연속성이 없다. 한강의 이쪽 편에서 저쪽 편으로 넘어갔는데 다리를 건넌 기억이 사라진 기분이다. 향기도 아니고 악취도 아닌 노란색 냄새가 눈을 감으면 한층 더 선명하다.

오 분은 금방 끝이 났다. 2번 향료가 담긴 통의 뚜껑을 열었다. 두세 알을 꺼내 여전히 타고 있는 숯의 표면에 얹었다. 금세 타들어가는 냄새. 좋음과 나쁨 중에서 나쁨 쪽에 가까운 냄새. 하지만 자꾸 맡게 되는, 표면은 낯설지만 그 심층은 어딘지 낯이 익은 냄새, 왠지 이것은…… 감기 걸린 용의 콧물 냄새일 것 같다.

왜 갑자기 용이 떠올랐을까. 영화관의 어둠 속에서 스크린에 집중하듯 다른 감각을 차단하고 후각적 자극에만 집중하다보니…… 발 디딜 곳을 잃은 기분이 들었는데, 냄새의 출처 역시 감각 속에서 차단되는 느낌이었다. 바닥이 없는 길을 걷는 것처럼. 익숙함이 상실되고 있었다. 있는데 없는 것, 없는데 있는 그런 것, 모순인데 자연스러운 것…… 그러니까 유령이나 귀신이나 그런, 존재하지만 존재하지 않는 비존재의 어떤 것, 그러니까 이 냄새는 그중에서도…… 요정도 해태도 아닌 하필이면 용을 떠올리게 하고…… 그런데 건강한 상태의 용에게서 나는 냄새는 아닐 듯하고, 그러니까 왠지 이것은…… 용의 콧물 냄새다.

용의 콧물 냄새라고 생각하고 나니 한결 즐거워졌다. 유머러스한 향이 존재할 수 있나. 그렇다면 나는 향의 유머를 발견하는 일이 즐겁다고 생각했다. 그러나 머리가 어지럽고 콧속이 아파왔다. 코는 정말이지 연약한 신체

기관이었고 쉽게 피로해졌다. 이단씨에게 물어보고 싶어졌다. 작업을 어떻게 계속하실 수 있는 거지요?

나는 묻는 대신 아래의 작업 후기를 그에게 전달했다.

—하나의 향이 끝나도 그 향에 대한 인상에 의해 만들어진 기억이 내내 머릿속에서 운동하며 다른 향을 인식하는 데에 영향을 주는 것이 느껴지더라고요. 그래서 텍스트 내부에서 여러 소재들의 움직임이 켜켜이 쌓여가도록, 그런데 그것이 고체나 액체적인 느낌이 아니라 기체적인 방식일 수 있기를 바라며 쓰려고 했습니다.

—여타의 물질과 다른 기체만의 특성은 유동적이며 쉽게 섞인다는 것 같았는데, 그러한 특성을 의식하며 쓰다보니 주체와 대상이 구별되지 않고, 시점 자체도 다양화되면서 시의 표상들이 갖는 에너지가 여러 방면으로 뻗어나가는 것이 느껴져서 신기했어요. 구심점이 없는 글이 되겠지만 그래서 더욱 기체적이라는 생각이 듭니다.

―향을 맡으니 유령, 용, 신, 이런 것처럼 현실에 존재하지는 않지만 우리 관념 속에서 실재하는 대상들이 떠오르더라고요. 아마 후각 자체는 굉장히 물질적인데, 그 후각을 뒷받침할 언어가 부족해서 자꾸 관념적이면서 동시에 실체적인 대상들이 떠오르는 것 같았어요.

　―향 자체가 공간적 인식을 환기하는 것 같아요. 그런데 이때 폐쇄적인 공간감과 개방적인 공간감이 동시에 느껴지는 것이 신기했어요. 컨테이너 박스나 코인 세탁소 같은 폐쇄적인 공간과 하늘, 바다와 같은 개방적인 공간을 모두 시의 배경으로 사용하게 될 것 같습니다.

　―제목은 아직 미정인데 제목 없이 가도 괜찮을까요.

　―사실 개인적으로 생각한 각 향의 이름은…… 1. 용의 콧물 향 2. 유령 머리통 태우는 냄새 3. 신의 세탁소 냄새였답니다. 즐거운 경험이었어요. 고맙습니다.

아래의 시는 위와 같은 후각적 경험 이후 작성되었으며, 〈후각의 시학〉 퍼포먼스 당일에 낭독되었다.

*

1.
총 같은 것
눈동자 없는 흰자위 같은 것
은도끼로 벽을 찍은 상처 같은 것
그러니까

만년필을 잃어버렸다. 나비 그림 각인된 만년필을
손에 쥔 순간 눈 내렸었다.

만년필의 꿈: 종이 위로 새어나온다.

너의 꿈속에서 아직 아무도 죽은 적 없다.

종이가 흥건하다. 종이는 벌써 바다다.
만년필은 잘 실려가지 않는다.

저 지평선은 우리 거야 저 컨테이너 박스 우리 거야
공터를 돌아다니며 나비를 잡았다 붉은색 잠자리채로
한 마리씩 컨테이너 박스 문을 열고 넣어두었다 여름이
다 가도록

나비도 있고 나방도 있었을 거다.
나비와 나방이 떠다니는 컨테이너 박스였을 거다.

컨테이너 색깔이 뭐였지 잘 기억나지 않아 다만 해질
녘에 문 열어본 컨테이너 박스 안에
바닥에 즐비하던 나비들 사이에

잠들어 있던

그러니까
총 같은 것

만년필을 잃어버렸다: 은빛 만년필을.

마을의 들개를 동원하였다.

그들에게 나의 오른손 냄새를 맡게 했다.
긴 다리 들개 두 마리 나무뿌리
격렬하게 넘어 다녔다.

쓰러진 고무나무 들추면 우글거리는
하얀 애벌레들

너는 내게 만년필을 건네며 말했다.
이 펜으로 우리에게 있었던 모든 일들을 적었다고

나비는 바다에도 있다.

나비는 어디에나 있다.

지친 개들이 해변으로 걸어갔다.

두 개의 그림자가 모래 위로 잘게 부서졌다.

너는 내게 만년필을 건네며 말했다.
나비와 나방은 구별할 수 없을 거라고

작은 방 책상 위에 잉크통이 남아 있다.

너를 잃어버렸는데 그건 꿈이 아니다.

2.
꿈이 아니다.

실탄에 맞은 유령이 고통을 묘사하려 한다.

꿈이 아니다.

그냥 통과했을 뿐인데
아팠다고?

유령의 고통은 유령의 속력
유령의 속력은 너의 머리카락이
자라난 길이를 이 나라의 역사로 나눈 것

걷는 것
발이 있다면
바다로 가는 것

유령은 물질이었다.
창문에게도 창문이 있었다면
풍경은 풍경의 배 속으로 자라나다가 범람하다가 해
변을 묘사하는 너의 글이 되어
너의 부끄러움 되어

일기가 싫어서
일기를 태웠는데
일기는 그대로 있고
글자만 타는 거야
글자는 일기가 아니었던 거야
글자는 잉크였던 거야

컨테이너 박스에 불이 났는데, 나비랑 나방이랑 날개
는 재가 되고
몸통만 남은 것들이 날고 있었는데

종이는 매번 물난리라 타지도 않았는데

너는 자꾸 고통을 묘사하려 한다, 잉크로

들개 두 마리
침냄새

3.
지금까지 내가 말한
들개 두 마리가
모두 용이었다면 믿을래

용이 흘린 침으로
너의 옷이 다 젖었다면 믿을래

그건 비가 아니래도 믿을래

우리는 울지 않지
운다고 쓸 뿐이지

나비와 나방이
사실 너와 나라면 믿을래

우리가 떨어져나온 하늘이 사실 누군가의 일기장이

라면

컨테이너 박스가
코인 세탁소라면
코인 세탁소가 사실 우리의 태평양이라면

은갈치가 날아다니는 하늘에서 우리도 날아다니고,
팔이 아파 그게 날개가 아니라 그냥 우리가 입은 셔츠였
음을 깨닫고

셔츠는
총 같은 것
눈동자 없는 흰자위 같은 것

너의 일기 밖에서도 안에서도
셔츠인 것

그러니까 이 셔츠는 너를 닮은 유령이야

빨래를 좋아해
여기 묻은 게 용의 침이라는 걸 믿을 수 있어
이미 지워졌기 때문이야

너는 그냥 나의 줄거리야
나방은 나비의 기억이야

세탁기 돌아가는 동안

나의 무릎 베고
잠든 용 두 마리
사랑스러운

눈—손*

    손을 펼친다. 펼쳐진 손이 허공에 놓인다. 손목이 지워진다. 팔이 지워진다. 팔과 연결된 몸이 지워진다. 유령처럼 떠 있는 한 개의 손과 손을 바라보는 시선이 남는다. 장면 바깥을 잘라내는 사각의 프레임처럼 손의 연장된 외화면으로서의 신체가 소거된다. 손은 그 자신의 존재 이유와 발생 맥락인 몸을 잃고도 여전히 손인가. 몸 없는 손이 움직인다면 움직임의 목적은 어떠한 모양으로

---

* 이 글은 김리윤 개인전 〈새 손〉(2023)의 연계 텍스트로 작성되었다.

흩어지는가. 손의 움직임은 얼굴을 짐작게 하는가. 역동적이거나, 기민하거나, 거의 없다고 할 수 있는 손의 움직임에 따라 자꾸만 달라지는 얼굴이 도래한다. 손은 스스로 변형되는 방식으로 감정의 형상을 빚는다. 손이라는 표정이 자신을 응시하는 몇 개의 눈을 멈추게 한다면. 이 손은 어느 환상의 입구가 되는가.

시선을 받아내는 손. 움직임을 목격시키는 손. 손이 하나의 풍경이라면 그 단단한 물성과 돌출적인 형태로 인해 자신이 위치한 다채로운 배경을 모두 평면적인 바다로 만들어버리고, 스스로는 바다와 명료하게 구별되는 하나의 섬으로서 문득 솟아날 것이다. 풍경이기에 움직이고 풍경이기에 응시되는, 풍경이기에 이미지가 될 수 있는 작은 육지. 배경으로부터 도드라질 때 손이라는 섬은 잠시 움직임을 멈춘 정물처럼 보인다. 정물은 앞뒤의 시간을 휘발시키고 영원한 현재에 머무르는 것처럼 여겨지는 대상이지만, 동시에 정물의 역능을 통해 발생 가능한 상상의 장면으로 휘발된 시간의 자리를 채울 수 있도록 능동적인 빈 공간을 만들어낸다. 정물로서의 손은 그러므로 복원과 파괴의 행위를 동시에 불러들인다. 되살아나며 무너지는 파도의 시퀀스가 손이라는 섬의 시공간을 부드럽게 채우고 있다.

손은 만들며, 손은 부순다. 얇은 피부에 둘러싸인 손. 작고 정교한 뼈들이 들어차 있는 손. 생성하는 손은 신의 움직임을 그려보게 한다. 손을 바라본다. 손을 섬기고 싶은 마음을 단속하면서. 이 거대한 도시의 전체는 왜소한 손들이 힘을 합쳐 만들어낸 것이지만 반대로 가장 연약한 것을 손길의 대상으로 불러올 수 있다면. 우리는 얇은 종이 한 장을 떠올릴 수 있다. 손은 종이를 찢거나 구겨버리는 방식으로 훼손할 수 있지만 어떤 손은 종이를 정해진 순서에 따라 접는다. 종이에 부피를 주어 한 차원 높게 끌어올린다. 학을, 꽃을, 상자를 불러온다. 종이접기는 믿음과 움직임을 통해 형상을 불러오는 주술적인 호출이다. 접혀 있던 종이를 손이 펼칠 때 종이학, 종이꽃, 종이상자는 사라지고 투명한 직선들만이 형상의 흔적이자 기호로서 종이 위에 남는다. 종이라는 불투명을 가르는 투명, 불투명과 불투명을 구분하는 투명이다. 종이 옆에 놓여 있는 손의 이미지를 통해 우리는 종이 안에 잠재되어 있는 형상들을 본다. 손의 움직임이라는 과정 속에 놓일 때 복원과 파괴의 개념은 같은 얼굴의 다른 표정처럼 쉽게 뒤척인다.

펼쳐진 종이는 위태로워 보인다. 여러 번 접혔다 펼쳐진 자리에 남은 투명한 직선들이 불투명한 종이를 찢고 새로운 윤곽이 되려 한다. 종이는 그 자신의 연약한 속성에 의해 쉽게 분할되지만 분할을 모종의 생성이라 여길 수 있다면 우리는 연약함이라는 속성의 기능을, 혹은 연약함이라는 새로운 통로의 등장을 목격할 수 있을 것이다. 그러나 종이가 찢어지듯이. 찢긴 종이가 버려지듯이. 종이의 찢어짐이 대개는 우리의 목적이 아니듯이. 연약함이라는 속성은 실패라는 사건과 결부되어 있다. 실패의 미래적 가능성이 연약함이라는 개념의 기원으로 지목될 수 있다. 그러나 이곳에서 실패는 부드럽고 납작하게 펼쳐져 있다. 종이는 젖었다 말랐다. 접혔다 펴졌다. 그 모습 그대로 여기에 있다. 목적과 수단의, 성공과 실패 사이의 경계가 느리게 지워진다. 판단이 부재하는 장소에서 연약함의 부정성은 탈각되고 아름다움은 돌출된다. 그리고 이 모든 일련의 과정을 말없이 행하는, 손이 있다.

　손이 있다. 손 하나가 허공에 떠오른다. 손 하나가 허공에 떠오른다, 는 말을 통해 손 하나가 허공에 떠오른다. 이것을 이미지라고 부를 수 있나. 손에 대한 기억들이 손의 형체를, 허공에 대한 기억들이 허공의 형체를 구성한다. 나는 이 허공을 밝은 방의 안쪽에 들여놓고 싶다. 삼면이 창으로 이루어져 있으나 유리에 달라붙은 두터운 먼지 탓에 바깥의 빛이 그 안에 쉽게 도달하지 못하는 방. 빛의 느린 도착에 의해 허공은 섬세하고 은은하게 구현된다. 바깥 풍경은 해상도 낮은 사진 액자처럼 벽면에 걸려 있다. 방의 안쪽은 창이 아닌 엷은 피막을 통해 외부 세계와 단절된 것처럼 보인다. 그 방에 떠 있는 한 개의 손을 떠올린다. 이 손은 언어와 이미지 사이 어딘가에 있다. 둘 중 하나로 쉽게 환원되지 않는다.

손짓. 손길. 손사래. 손의 움직임에 관한 구체적인 기호들이 손이라는 정물을 추상의 바다에서 잠시 건져올리는 것 같다. 말로 구성된 손이 있다면, 그 손의 여기저기에는 구멍이 뚫려 있을 것이다. 손톱, 손등, 손가락, 손바닥, 손마디, 손금…… 우리는 손의 작은 부위들을 지칭하는 이런저런 단어들을 알고 있다. 그러나 손바닥과 손등을 잇는 손의 옆면, 손마디 위의 숱한 주름들, 손가락과 손등을 잇는 동그랗고 튀어나온 뼈, 그런 것들의 이름은 알지 못한다. 이미지를 더듬거리며 묘사할 뿐이다. 단어와 단어 사이의 부재만큼 손의 형상에 구멍이 뚫린다. 그곳에 손의 이미지가 들어찬다. 언어와 이미지가 씨실과 날실처럼 엮이며 짜올린 손 모양의 그물이 방안의 흐린 빛 속에서 넘실거린다.

손을 손이라는 말로 부를 때, 손은 자신의 윤곽 안에

손의 생산을 방해하고 싶다. 아무것도 쓰지 않으면서 쓰고 있으라고, 손에게 말하고 싶다.

끝없이 움직이는 손의 피로를 본다. 사물이 움직이기에 우리는 시간이 흐른다고 느끼며 이러한 움직임이 이미지를 발생시킨다. 눈이 떠지는 순간부터 감기는 순간까지, 손의 움직임은 연쇄된다. 눈을 감듯이 손을 감을 수 있다면. 눈이 눈꺼풀을 닫음으로써 밀려드는 감각 정보들을 차단하고 어둠 속에 머물 수 있듯이. 손이 손에게 주어진 임무와 자극을 차단한 채 쉴 수 있다면. 그 일이 눈꺼풀 닫기처럼 간단하게 이루어질 수 있다면. 손을 감는 상상. 손의 움직임을 촛불처럼 꺼뜨리는 상상. 손이 움직임을 멈출 때에도 손이 만든 물건과, 손이 해낸 건축과, 손이 써낸 글이 적힌 종이가 어지럽게 늘어져 있는 자리를 바라보는 눈이 있다. 손의 흔적을 바라보는 시선이 손의 흔적으로부터 손을 떠올린다. 손이 사라질 때 열리는 눈이 있다. 그 눈이 그려내는 새 손이 있다.

시차 노트

ⓒ 김선오 2023

초판 인쇄 2023년 11월 15일
초판 발행 2023년 11월 30일

지은이 김선오

책임편집 강윤정 | 편집 김영수 이희연
디자인 백주영 이주영 | 저작권 박지영 형소진 최은진 서연주 오서영
마케팅 정민호 서지화 한민아 이민경 안남영 왕지경 황승현 김혜원 김하연 김예진
브랜딩 함유지 함근아 고보미 박민재 김희숙 박다솔 조다현 정승민 배진성
제작 강신은 김동욱 이순호 | 제작처 한영문화사(인쇄) 경일제책사(제본)

펴낸곳 (주)문학동네 | 펴낸이 김소영
출판등록 1993년 10월 22일 제2003-000045호
주소 10881 경기도 파주시 회동길 210
전자우편 editor@munhak.com | 대표전화 031)955-8888 | 팩스 031)955-8855
문의전화 031)955-3576(마케팅), 031)955-2678(편집)
문학동네카페 http://cafe.naver.com/mhdn
인스타그램 @munhakdongne | 트위터 @munhakdongne
북클럽문학동네 http://bookclubmunhak.com

ISBN 978-89-546-9673-9 03810

www.munhak.com